단시조 뜨락 산책

저 자 와
협의하여
인지 생략

단시조 뜨락 산책

지은이 | 송귀영
펴낸이 | 노우혁
펴낸곳 | 앤바이올렛
초판 인쇄 | 2021년 12월 17일
초판 발행 | 2021년 12월 24일
등 록 | 2021년 9월 29일, 제 2021-30호
주 소 | 02046 서울특별시 중랑구 동일로144가길 25-18(중화동)
전 화 | (편집) 02-491-9596
e-mail | powerbrush88@naver.com
ISBN 979-11-977103-4-6
ⓒ 2021, 송귀영

현대 시조의 정곡을 찔러 언어 술사가 펼치는 세밀한 분석의 주해(注解)
시국을 바라보는 공정의 사상과 세상 농단의 고발에 경각을 살피다.

단시조
뜨락 산책

송귀영 지음

& 앤바이올렛

오늘의 현대 시조는 당대의 아픔을 가장 밀도 있게 형상할 수 있는 그릇이며 현대인의 정서를 쉽고도 명확하게 담아낼 수 있는 우리만의 고유한 형식이다. 시인의 마음에는 시 세계에 내적 존재로서 원초적 통일성을 통해 삶의 원형을 회복하려는 통찰을 통한 구체적 육체의 실체를 경험하게 된다.

시인은 근원에 대한 포박과 회귀의 끝없는 변증 과정을 시조로 쓰는 것이다. 시조는 근본적 율격에 충실하면서 시조다움을 지키는 것은 우리 시대의 여전한 미학적 실체의 몫이다. 시조 미학이 더 깊은 언어의 말 부림을 통해 새로운 진경으로 전진하기를 소망한다.

시조란 장황한 사설이 필요한 것이 아니라 고도의 압축미가 발현되도록 짧은 시어의 취택만으로 충분한 이미지와 느낌을 전달하는 절제미가 있는 훌륭한 장르다. 서정에 충실한 화해와 성찰적 시안을 추구하는 존재론적 구경에 접하는 자세가 필요하다.

시조의 새로운 지평을 열어갈 미학의 품격이 현재의 실상과 정서의 원류에 닿아 갈 수 있는 길을 열어야 한다는 생각에서 이 책을 엮었다. 이 책에 수록한 근거가 된 단시조는 현재 우리 시조 단에서 활발하게 활동하는 작가들의 훌륭한 단시조만을 선정하였다. 단시조의 생명력은 형식적 정체성이 바로 정형성과 유연성 그리고 세련성의 함축이기 때문이다. 차원 높은 주관을 가진 창작 주체의 가장 서정적인 감각과 예리한 감성으로 쓰인 시인들의 작품은 그들의 정신적 영토이다. 개성이 뚜렷하고 작품성이 고도로 육화시킨 순수 단시조를 선정하면서 어디까지나 독자들이 작품을 감상하는 데 이해를 돕기 위한 해설에 불가하다.

온갖 삶의 궤적이 깊게 잔뿌리를 내려 모진 설한풍을 이겨내고 한평생을 살아가는 과정이 자연의 모습과 다를 바 없는 영혼에 물든 그리움과 향수를 여백에 담으려 했다. 시인은 한편의 작품을 생산하기 위해 연금술사 못지않게 시어를 다루는데 수많은 고뇌와 정신적 갈등을 겪기 마련이다.

이러한 번뇌와 갈등을 감내한 잉태의 결실이 바로 한 편의 시다. 이 책을 엮으면서 작자의 입장에서 창작의 동기와 배경, 그리고 시적 요소들을 추상하여 최대한 창작의 의도에 근사치로 해부하려 했다. 작품에 담겨있는 구체적인 의미들을 최대한 쉽고 경쾌하게 설명하려 노력했으며 독자들이 심도 있게 감상한다면 작품 속에 스며있는 풍성한 진미를 맛보리라 생각한다.

2021년 초겨울에

『단시조 뜨락 산책』 발간을 축하드리며

김민정 (한국 문협 시조 분과회장, 문학박사)

이번에 송귀영 시인의 『단시조 뜨락 산책』의 발간을 축하드린다. 좋은 단시조를 선정하여 작품 한 편 한 편에 작가, 창작 동기, 배경, 시적 요소 등을 통해 창작의 의도와 작품 의미를 분석하여 독자들에게 섬세하고 경쾌하게 설명하고 있다. 편 편마다 비슷한 분량의 글로 풀어내며 시조에 담긴 뜻을 총망라하여 풀이하고 독자에게 다가가려 노력하였다. 그의 시조 풀이 몇 편을 살펴본다.

난(蘭)이 있는 방

김 상 옥

난 있는 방이든가 마음도 귀가 밝다
얼마를 닦았기에 눈빛마저 심심한가
흰 장지 구만리 바깥 손 내밀듯 보인다.

시조의 묘미가 한껏 풍긴 미학적 감성

난 있는 방은 따뜻한 햇볕과 공명의 감탄이 이입될 때 고고한 숭고에 시조의 미학적 감성을 증폭시키기에 충분하다. 시조는 함축적이되 부드러운 상징과 은유가 주는 조용한 다독임의 여운을 남겨야 한다.

처음부터 초장에 시인은 마음으로부터 밝은 귀의 공감을 일으킨다. 마음과 귀는 이미 밝아서 "난"이 있는 방에 머물러 감각적 이미지를 서로가 갈아서 닦으며 나누고 있다. 마음과 귀가 모두 공통적 감각에서 정지하지 않고 계속 활동을 한다. 창문으로 비치는 햇살이 그 어느 때보다 따뜻하고 밝기 때문이다.

중장에서 "얼마를 닦았기에 눈빛마저 심심한가."라는 표현이 자언스럽고 심오하여 이 시조의 맛깔스러움을 유감없이 풍기는 대목이다. 깨끗이 닦은 창문을 통해 스며든 햇살에 융화된 "난"을 매개체로 정화하여 외부와의 열린 공간에서 투영되는 과정이 분명하다.

　시조의 묘미가 한껏 풍기는 미학적 감성이 풍부하다. 또한 편안하게 사물을 다루는 깊은 의미를 맛깔스럽고 능란한 솜씨로 걸러낸다. 중장은 초장의 반어적 수사 기법으로 형상화하였던 마음과 귀와 눈빛을 맑게 닦은 과정의 처리다. 종장의 "흰 장지 구만리 바깥"이 과장된 표현으로 느껴지지 않는 것은, 조화를 적절히 이루어낸 시어의 말 부림이다. 이것은 마음과 귀와 눈빛을 창문처럼 투명하게 잘 닦았기 때문이다. 바깥에 손을 내미는 거리가 얼마나 멀었기에 구만리인가. 그러나 그 멀고 먼 구만리가 추임새로 손끝에 잡히고 만다.

　사물의 서사에서 친밀하게 다가설 소통의 탄탄한 밀도가 여실히 시선을 끈다. 이러한 밀도는 시조의 체온이 전달되는 과정에서 흥분된 파급력과 감성을 담보로 한다. 은유의 기법으로 화두에 접근할 수 있는 가능성 때문이다. 시어로 독자들의 마음에 전달되는 느낌의 감정이 가치를 충분히 누릴 수 있게 한다.

　이것은 방 안에 있는 사물에 대한 것을 소재로 쓴 시조에 대한 풀이다. 시조의 묘미가 한껏 풍긴 미학적 감성이라며 작품을 높게 평가하고 있다. 작품을 쓰는 일도 중요하지만, 그것을 제대로 평가하여 독자들에게 알리는 일도 중요하다. 송귀영 시인은 이 책을 통하여 그런 작업을 하고 있다.

함구(緘口)

김 소 월

월색은 생비취(生翡翠)요 우성(雨聲)은 전유리(轉琉璃)
입을 묻고 앉았으니 그지없는 심사로다
내리는 수정렴에 자던 바람만 놀래라.

휘황찬란한 달빛의 서늘한 감촉

김소월은 우리에게 잘 알려진 시인으로 본명은 김정식이다. 오산학교 스승인 김억(金億)의 지도로 자신의 시 세계를 활짝 열었었다. 주로 시조보다 명시인 "진달래꽃" 등 서정적 자유시를 많이 썼지만 "축대" 외 몇 편의 시조도 남겼다. 특히 이별과 그리움을 비롯하여 우리의 정서에 기인한 슬픔, 눈물, 정한 등을 주제로 일상적이면서 독특하고 울림이 있는 시를 많이 창작하였다.

진달래꽃을 비롯한 산유화, 접동새, 초혼 등은 리듬에 대한 민감한 시편의 음률 성으로 대표되고 있다. 목마른 우리의 감성에 진정한 정서를 독자적 언어 구사로 인지 감각을 길러주고 있다.

위의 시조 "함구"(緘口)는 1921년 4월 27일 동아일보에 발표되었다. 김소월은 20대인 1922년 이후 전성기를 맞으면서 32세의 짧은 인생을 마감하게 된다. 시조 "함구"(緘口)는 "진달래꽃"보다 1년 앞서 발표힌 깃으로 알려진나. 삭품 "함구"(緘口)는 욕된 일을 참고 견디면서 입을 꼭 다물어 붙인다는 뜻이다. 이 시편에서 "함구"(緘口)의 의미는 욕된 일에 입을 다무는 것이 아니라 달빛의 서늘한 감촉을 주는 비췻빛 휘황찬란한 모습에 감탄해서 입을 다무는 것이다. 유리 위의 물이 흘러내리는 빗소리조차 구슬 구르는 소리로 착각을 한다. 방문에 구슬을 꿰어 만들어 늘어트린 발에 (무엇을 가리는) 부딪쳐 일단 멈춘 바람마저 놀라고 만다, 이러한 광경을 보고도 감탄의 소리 한번 내지르지 못하고 입을 다물어야 하는 그 심정이 오죽이나 황홀했으랴. 마지막 종장에서 "내리는 수정렴에 자던 바람만 놀래라."고 여태껏 못 질렀던 안타까운 감탄의 소리 대신, 절창을 토해낸다. 우리들이 의식 속의 생각은 숨길 수 있어도 무의식 속의 생각은 숨기기 참으로 어렵다. 시조가 45자 이내로 제한된 자수율에서 압축된 시어로 구슬을 꿰게 하는 토속적 서정이야말로 강렬한 힘을 발산한다.

　이 한편의 "함구"라는 시조를 감상함으로써 자연과 세상사가 현실 앞에 유한한 운명으로 다가오고 스쳐 가는 순환의 이치를 터득하는 법을 가르치고 있다.

　이것은 시조 계에 새로운 소식이다. 「진달래꽃」으로 유명한 김소월이 시조도 썼었다는 것은 시조 계뿐 아니라 한국 문단의 새로운 소식이다. 이런 작품까지 찾아내어 독자들에게 자세하게 풀이함으로써 시조의 내용, 시조의 폭, 작가와 독자의 폭까지 넓히고 있으며 이것은 매우 가치 있는 작업이라 할 수 있다.

폭포

김 준

낮은 데로 떨어지고 몸 낮추어 내리는 물
부딪혀 부서지는 통곡을 들었는가
오늘도 보내야 하는 외로움을 보았는가.

쏟아낸 물거품 힘차고 고독한 통곡

높은 곳에서 낮은 곳으로 고인 물이 갑자기 절벽에 도달하여 일시에 쏟아지는 폭포의 위력은 떨어지는 소리와 함께 에너지가 흘러 넘친다. 인용한 "폭포"는 시제의 어감만으로도 힘차고 위력적인 존재를 쉽사리 떠 올리게 한다. 생명이 요동치고 부딪쳐 부서지며 전율의 힘으로 거대한 몸집을 지탱한다. 우리의 잔잔한 감성을 자극하며 자연의 무한성에 극복하려는 인간의 생명력을 역동적으로 표출해낸다. 시인에게 있어 폭포는 쉽지 않은 우리의 삶을 통하여 때로는 몸을 낮추어 물처럼 밑바닥으로 흐르는 세상살이에 한 단면을 유추해 내려 한다. 고난이 부닥칠 때면 스스로 부서지고 통곡하여 외로움이 찾아들면 고독의 굴곡을 삼키면서 쓰다듬고 보듬는다. 하지만 인간 세계에서 생사는 시작과 끝이 있는 유한한 것이며 일회적이다. 유한성과 일시성은 시공을 뛰어 넘는 특징에 폭포라는 사물의 변화를 부여함으로써 안타까운 아쉬움과 외로움을 느끼게 한다.

그래서 시인의 폭포는 하나의 소우주와 같고 자연이 틀어 앉은 형상과 심오한 의미를 천착하여 자신만의 세계를 재창조한다. 시인은 자신의 주변에 둘러싸인 사물들을 시야에 흡수하면서 그 형태를 수용하는 자세가 무척 여유롭고 시의 언어로 발현된 군더더기 없는 간결한 자태를 묘사한다. 그래서 폭포의 아우성은 우리의 삶에 따른 고통과 외로움을 이 세상에 관심사로 아울러 쏟아내고 있다.

모든 인간의 인생살이에서 시인은 우리를 향해 "부딪쳐 부서지는 통곡을 들었는가."라던가 "오늘도 보내야 하는 외로움을 보았는가."라며 질문을 하고 있다. 이러한 물음의 강렬한 표현은 감성의 전율을 동반한다. 단시조의 간결한 형식과 정서의 긴장감은 물론 시편의 함축이 잘 어우러지는 시인의 작품 인식을 포괄적으로 드러낸 중요한 가락임에 동의하지 않을 수 없다. 내면의 복잡한 감정을 시어로 풀어내면 마음의 상처가 치유된다. 우리들은 정직하고 명쾌한 자연의 섭리를 배우며, 인간사에서 모든 것이 있어 꿈을 키우고 꿈을 이루게 한다.

작가와 자연 작품에 대한 풀이를 하고 있다. 하나의 사물은 시인의 눈을 통하여 새롭게 태어나고, 또한 그 작품을 평가하는 평론가의 눈을 통하여 깊이와 넓이를 더하게 된다. 그러므로 평자들이 어떤 평을 내리는가는 매우 중요하다고 할 수 있다.

현수교

송 귀 영

황새가 날개 펴고 착지한 모양새라
아찔한 후들거림 출렁대는 보행 다리
담력이 약한 사람도 장단타고 건너본다.

호반 사이로 보석의 광휘를 연출하다.

현수교는 새하얀 황새가 날개를 쭉 펴고 물 위에 착지하는 형상
을 조형으로 축조한 예당호의 출렁다리다. 이 다리를 건널 때 아찔
하여 아랫도리가 후들거린다. 담력이 약한 사람도 흔들거리는 다
리를 건너가다 보면 찰나의 쾌감을 느끼게 한다. 오직 도보로만 건
너다닐 수 있는 이 보행 다리는 국내에서 가장 긴 길이 402m 높이
64m의 출렁 다리다. 예당호의 아침에 피어오르는 물안개를 감상하
는 것은 즐거운 사치다. 계절 따라 햇살을 온몸에 스미게 하는 해넘
이 이후의 출렁다리는 누구나 감탄을 자아내게 한다. 흔들리는 다리
에 맞추어 춤을 추듯 양 발끝으로 리듬을 타면 모든 사물에 깊이 젖
어 드는 느낌이 든다. 관광객들이 푸른 호반 사이로 보석의 광휘를
만끽하는 동안 순간의 행복을 느낀다.

궁핍한 일상의 삶이 식어서 차가움을 느낄 때 예당호의 출렁다리
에 그네를 타며 심신을 치유한다. 숨을 한참 동안 멈추었다가 확 들
이쉬고 흔들리는 다리에 맞추어 양발 끝으로 장단을 맞춰본다. 완벽

한 주위 환경에 눈을 집중하고 아름다움이 전개되는 석양을 바라본다. 강렬하다 못해 아찔한 불빛이 뿜어져 나오는 에너지가 붉은 태양보다 더 강렬하다. 이렇듯 궁핍한 일상에서 주변 환경과 어우러진 예당호의 아름다운 원경에 존재를 확인한다. 호수의 초저녁은 궁전 파티 장처럼 부푼 꿈이 넘실거리는 파노라마다. 초록빛 그림자가 수면 위에서 춤을 추고 새하얀 황새가 날개를 펴며 방금 착지한 모양새야말로 예당호의 밤은 낮보다 더 휘황찬란하다. 불빛이 번져가는 수변 위의 광휘는 이글거리는 태양이다. 네온사인 그린 빛이 물결 위에 서광으로 출렁다리의 밤은 환상에 깊어간다. 물 한 모금 목청에 가두고 천방지축 널뛰듯 하는 음표의 의도적이고 특이한 외연을 확장한다. 하늘이 까무스름한 푸른 색깔로 물드는 순간 무지갯빛 조명이 다리를 수놓는다. 기술의 공전을 일으킨 장력은 어디에도 견줄 수 없는 매력덩어리다. 부챗살처럼 펼쳐놓은 기력은 지축이 흔들리는 오르가즘을 맛본다.

모든 것은 시조의 소재가 될 수 있다.

옛시조에서는 충효나 산수 경을 주로 읊었지만, 지금은 삼라만상이 모두 시조의 소재가 될 수 있고, 현실에서 얼마든지 소재를 찾을 수 있다. 이 작품도 그러하다. 이것을 평자는 풀이하고 있다. 송귀영 시인 자신의 작품이지만, 자신의 작품을 자세히 들여다보며 창작의 의도와 작품의 깊이까지 파헤치고 있다.

해바라기

이 태 극

가난이 아직 고와 뜨락을 지킨 세월
크나큰 화관(花冠)들이 오뇌로 감싸주나
저 멀리 구름 길 아득 꿈을 익혀 사는 너.

그 시대의 사상과 배경을 녹인 은은한 풍미

이태극 시인은 아호가 월하(月河)이다. 1950년 서울대학교 물리대 국문학과를 졸업하여 서울대, 연세대, 국제대 등에 출강하였고 이화 여대 교수와 대학원 교수를 역임한 국문학자이자 문학박사이다. 1950년대 후반 가람 이병기가 고시조의 관념성과 추상성을 배격하여 참된 개성의 획득을 주장할 때, 월하 이태극은 시조의 정통적인 육성의 하나인 율격을 지키는 것이 중요하다고 주창하였다. 시조가 정형 양식으로서 자신만의 함축과 절제의 원리를 견고하게 지켜야 한다는 점을 중시하였다.

위의 시제 〈해바라기〉는 1970년대에 발표한 수많은 작품 중 하나로 시대성의 사상과 배경을 해바라기로 녹여 풍미가 은은하게 표출된 작품으로 이해된다. 초장에서 "가난이 아직 고와 뜰을 지킨 세월"로 표현을 함으로써 그 시대를 대변한다. 해바라기는 하염없이 태양을 쫓아 한곳만을 바라보며, 한여름의 강렬한 태양 아래에서 커다란 꽃을 탐스럽게 피우는 모습은 신선하고 열정적이다. 오매불망 기다림과 그리움을 상징하는 꽃말도 있다. 솟구치는 서러움에 겨워 빈 뜨락을 안간힘으로 지키는 것도 해바라기의 삶이다. 이 세상에 사연 없이 살아가는 사람들이 없는 것처럼 많은 꽃도 저마다의 사연을 품고 꽃을 피우고 지운다. 중장에서 허우적대는 긴 대를 올려 큰 화관들이 씨를 담아 우뇌로 감싸 주며 꽃을 피우고 있다. 하루하루가 숨 가쁜 삶을 살아가고 있는 현대인들의 피로에 지친 모습을 해바라기를 통하여 절박한 삶에 비유하여 힘을 전하려는 시인의 자존감을 엿볼 수가 있다. 종장에서 구름 길 아득한 꿈을 꾸고, 태양을 바라보며 꽃을 피우듯 언젠가 우리들도 풍성한 씨앗을 익혀 품는 해바라기의 생명력을 의인화시킨다. 이러한 현실에서 형상을 통하여 상실의 세계를 피하고 새로운 열림에 꿈길을 준비하는 시 세계에 맞닿아 있다. 아득한 꿈길을 익혀가며 사는 해바라기는 가난한 초가집 뜨락을 지킨 세월로 은유하여 시대적 사상과 배경을 녹이는 은은한 고뇌를 풍미로 감싸주고 있다.

  이 작품은 꽃에 관한 것이다. 작가에 대해서도 소개하고 있고, 해바라기에 대해서도 자세히 풀이하고 있다. 하나의 작품에 대해 소재와 주제에 대한 폭넓은 해설과 풀이를 곁들이고 있다. 작가와 사물에 대한 해박한 지식 없이는 불가능한 일이다. 시인의 모든 지식을 동원하여 작품에 몰입하고 작품을 독자에게 소개하려고 노력하고 있다.

상고대

김 민 정

태백산 줄기 따라 얼음 꽃이 피어있다.
잎 새만큼 가지만큼 정직하게 드러낸 채
겨울이 떠나지 않고 사진을 찍고 있다.

자연이 만들어 낸 아름다운 예술 작품

작품 "상고대"에 소환된 언어는 "태백산 줄기, 얼음 꽃, 잎 새만큼, 사진" 등 대체로 대상과 사물에 대한 긍정적 서정의 미학을 거론한다. 온정의 사랑과 외형적 서정을 보는 일에 대상을 배경으로 순수 서정시와는 다른 시각에서 "상고대"라는 시편으로 녹여내고 있다. 태백산 줄기는 우리나라 지형에서 중추적 등뼈의 산줄기이다.

태백산은 우리나라 12대 명산이며 삼신산의 영산으로 겨레에 추앙을 받는다. 우리 민족에게 역사적 문화적으로 신선한 의미와 특수한 기능을 가진 성스러운 산이다. 이 산속에는 많은 전설과 아직 우리가 알지 못하는 사물을 무수히 품고 있다. 특히 태백산 얼음 꽃은 유별나게 아름답다. 상고대는 사전적으로 영하의 고산지대에 얼음 알갱이나 응고된 성애가 햇빛에 반사되어 아름답게 반짝거리는 것을 비유적으로 이르는 말이다. 차가운 온도에 물체와 부딪치면서 만들어진 얼음 입자의 형태로 나무나 풀에 내려 눈처럼 결빙된 서리이다. 잎 새만큼 또는 가지에 붙어서 핀 얼음 꽃은 형태에 따라 그만큼 빈틈없이 어여쁜 자태를 드러낸다. 추운 겨울은 아직 물러가지 않는데 등산객과 사진작가들은 이 아름다운 상고대를 놓칠 수가 없어 사진을 찍는다. 이러한 모습은 시인인들 외면하기 어려워 문자로 사진을 찍는다. 시인은 존귀한 자연의 현상이 제자리를 버틴 고목의 생명력을 느낀다. 마음의 생태계 속에 끌어들인 나무 둥지와 청정한 울림이 될 장르의 푸른 산은 눈길을 멎게 한다.

신선한 태백산 줄기의 공기는 너무나 상쾌하여 지적 편식에 좌표를 찍으며 특이한 이질감을 느끼게 한다. 영하의 강한 추위가 이미 얼음 꽃의 군락을 이룬 태백산 산줄기에 반질반질한 윤기를 흘린다. 앙증맞은 겨울 산새는 상고대와 짝꿍이 되어 마실 왔다가 초봄 맞을 준비로 실눈 감고 제짝을 기다린다. 모두가 정겹던 계절의 형상들이다. 저 멀리 보이는 하얀 치맛자락을 두른 능선에 입동이 지나가고 겨울의 냉기를 넓히고 있다. 산정을 통하여 마음을 순화하고 친환경적 삶을 바라던 현대인들에게 다양한 형태의 상고대는 낭만과 여유를 가져다줄 자연의 예술 작품이다.

자연을 보고 노래한 시조를 풀이한 예이다. 작품론을 쓴다는 것은 작품에 대해 읽어낼 수 있는 문학적 이론에 대한 지식과 깊이는 물론이고, 수많은 사물과 자연현상을 보고 그것을 설명할 수 있는 해박한 지식과 안목이 필요한 일이다. 그러한 지식을 지녔을 때 비로소 쓸 수 있는 글이 작품평론이고 평설이다. 송귀영 시인은 자신이 간직한 그러한 해박한 지식을 이용하여 단시조에 대한 평과 해설을 섞어 한 권의 단시조 평설 집을 출간하려 하고 있다. 시조를 지나간 시대의 글로, 또 형식을 지켜야 해서 많이 어려울 것이라고 지레짐작하는 독자들에게 좀 더 친근하게 다가갈 수 있는 방법이라 생각한다. 시조의 발전을 위해서는 많은 평론가가 이러한 작업을 많이 해야 한다. 앞으로 시조에 대한 이러한 평설이 많이 나오기를 바라며, 또한 이러한 책들이 많이 출간되고 많이 읽히기를 진심으로 바란다.

알차고 아름답고 가치 있는 『단시조 뜨락 산책』을 출간하는 송귀영 선생님께 축하드리며 많은 독자에게 사랑받는 평설집이 되기를 진심으로 기원한다.

탕자의 노래

강 예 리

나 오래 고향 떠나 헤매고 다녔었네.

아버지 외면하고 그 뜻을 지웠었네.

오늘은 그 슬픈 눈빛 생각나서 울었네.

청춘을 유랑했던 회오(悔悟)의 혈루(血淚)

강예리 시인은 2014년 주간 한국 문학 신문 기성 문인 최우수상을 받고 현재 한국 시조시인 협회 이사로 문단 활동을 하고 있다.

젊은 신인 작가로서는 보기 드문 앞날이 촉망되는 시인으로 시집 『단 하나의 꿈』을 발간하기도 하였다. 위 작품 〈탕자의 노래〉는 한때 사춘기에 이유 없이 반항했던 세월을 형상화한 작품이다. 부모님의 뜻을 거역하고 오랫동안 고향을 떠나 헤맸지만 한결같은 사랑으로 기꺼이 기다리는 아버지의 인자한 모습은 읽는 이로 하여금 마음을 숙연하게 한다.

이 작품을 대하면서 비록 차이는 있지만, 헨리 나우 엔터의 『탕자의 귀향』을 떠오르게 한다. 내면적으로 은밀히 갈급함이 서서히 반항의 의식에 젖었지만 자신 스스로가 얼마나 타락하고 악했는지 자신밖에 몰랐던 그때의 잘못을 후회한다. 깊은 사랑과 은혜를 받기에는 너무 오랜 시간이 흘러갔다. 아버지의 실의에 찬 눈빛을 회상하며 뒤늦게 자신을 앞세운 자존감으로 오열한다. 아주 쉬운 관용어로 살갑게 풀어놓은 시편은 자아의 진실을 정념 하는데 초점을 맞추고 있다. 읽는 이로 하여금 전해주는 다양한 메시지의 정념과 사유를 제공하려는 시공간적 상황들을 다각화로 쉽게 분출시키고 있다. 정념이 남다른 형상으로 발현하는 행간에 성찰의 촉수를 사정없이 내민다.

상상력이 돋보이는 이 작품은 초장에서 함축적으로 방랑의 세월에 의문을 제기하고 중장에서 자신의 일탈 행위로 반항하여 가족 간에 자기 존재마저 지워 버린다.

종장에서 후회하는 기법으로 이 작품을 휘모리장단 하고 있다. 늘 새로운 세계의 영역을 확장시켜 매우 광범위하고 활달한 성찰적 때늦은 자세를 보이려 한다. 외면할 수 없는 자신의 행동을 합리화한 비겁함에 피해 가지 않고 시대의 조류에 공감하는 해법을 찾으려 한다. 오늘의 슬픈 눈빛을 생각하며 기억력을 한 차원 더 높이 끌어 올려 극적인 반등을 노림으로써 종장의 마무리 처리가 능란하다.

이렇게 부드럽고 읽히기 쉬운 시(詩)야말로 훌륭한 작품의 반열에 놓이는 것이다.

운무

밤사이 울던 하늘 안개를 피워놓고
산마루 걸터앉아 그리는 추상화가
꿈속의 신기루처럼 잡힐 듯이 멀어지네.

안개처럼 잡힐 듯한 꿈속 신기루의 미학

　인유한 작품의 핵심은 안개 낀 산마루의 원경과 추상화, 잡히지
않는 꿈속의 신기루이다. 운무는 시인의 감각에 깨어나는 여러 가지
환몽속의 원경을 노래하였다. 사상과 감정을 진솔하고 명징하게 시
화함으로써 고상한 인격에 현실의 반사경이 된다.

　운무가 유리된 환상은 공중의 밀도가 서로 다른 공기층에 굴절되
어 멀리 있는 물체가 나타나거나 없는 사물이 있는 것처럼 하얗게
보이는 형상이다. 구름은 지표면과 접해 있지 않은 상부에 존재하며
물방울이나 빙정(氷晶)들이 섞여 있는 가시적인 집합체로 상승기류에
의하여 형성되고 유지된다. 높은 고도에서 기상도의 온도가 낮아지
면 공기는 과포화 상태로 응결핵의 중심에서 작은 물방울로 형성된
다. 안개는 찬 공기가 따뜻하고 습한 지면 위를 이동할 때도 나타난

다. 대류의 기압이 위로 수송하여 습한 지면으로부터 김이나 연기가 오르는 것처럼 보이게 한다. 차가운 공기가 호수, 하천, 바다의 좁은 해협, 또는 부빙(浮氷) 사이를 이동할 때 형성된다.

초장은 밤사이 울던 하늘에 안개를 피운다고 했다. 참으로 추상적인 관념의 역설이다. 어떻게 하늘이 울고 허공에 안개를 피울 수 있겠는가? 이것은 막 비가 그친 밤하늘에 피어오른 운무를 의인화하여 구체적으로 나타낸 비유가 상응된 적절한 표현 기법이다.

중장에서 화자는 산마루에 걸터앉아 안개가 자욱한 원경을 마음속으로 서정적인 추상화로 위치가 아닌 곳에서 풍경을 보며 잡히지 않는 신기루(蜃氣樓, mirage)의 꿈을 꾸고 있다. 자욱하게 낀 안개가 아스라함이 모여 있는 것은 없는 것이 되는 색즉시공(色卽是空)이며 이러한 공간은 자연의 섭리가 약동하고 있다. 만상은 유전(流轉)하고 윤회하는 섭리의 모습이다.

이 작품은 구름과 안개가 쌓인 원경의 환유를 현재 진행형으로 구체화해 내고 있다. 순수하고 소박한 감정을 도치법과 활유법을 원용함으로써 생동감이 넘치는 신기루의 꿈속을 거니는 듯한 미학이다.

사무사(思無邪)

구 충 회

오욕에 젖었으면 햇볕에 말려야지
세파에 찌든 때는 달빛으로 빨아야지
번뇌가 묻은 거라면 별빛으로 지우리.

시대를 응답하고 있는 사무사(思無邪)의 정신

　구충희 시인의 아호는 동호(東湖)이며 점잖으면서 고매하고 비범함이 차고 넘치는 호방한 인품으로 지혜와 섬세함을 두루 갖춘 시인이다. 그의 시풍은 장중하면서도 짜임새에 능란하고 절제미가 일품이다. 또한 대부분의 작품에 대한 스케일이 크고 비감한 시 세계를 관통하고 있다. 구충회는 건국대학 국어국문학과와 고려대학 교육대학원을 수료한 전형적인 교육자이다. 1940년 충남 보령에서 출생하여 오서산 끝자락에 피어있는 은빛 억새를 바라보며 시심을 키워온 것 같다.
　《시조 생활》과 《문예 비전》을 통하여 각각 시조와 수필로 등단했다. 탈속에 닿지 못한 죄악의 본질인 오욕과 전생에 겹겹이 찌든 때와 번뇌를 극복하면서 〈사무사(思無邪)〉를 이루려는 시인 자신은 "곧 생각을 바르게 함이 없다."라는 수신(修身)의 덕목을 내세운다. 그래서 사무사(思無邪)가 심미적 감수성을 안고 인간의 근원을 지향하며 미추를 반추하려는 사자후(獅子吼)임을 증명하고 있다. 구충회의 사무사(思無邪)로 인식되는 것은 세파에 찌든 때를 달빛으로 빨아서 햇빛에 말리는 탁한 세상을 제도한 시경(詩經)과 맥을 같이 하고 있다. 오욕이나 번뇌가 젖어 들고 묻은 것이라면 자연의 순리대로 별빛으로 말끔히 지워야 한다는 시상은 그 누구도 범접할 수 없으며, 과감한 표현미를 발산한 수작이다.

이 작품은 초장과 중장 간 소절에서 오욕에 젖어 있으면 달빛에 빨아서 햇빛에 널어서 말려야 하겠다는 능숙한 발상에 행간의 연결성이 끊어질 듯 이어지고 팽팽하면서 유연하게 출렁대는 율격의 긴장감을 아낌없이 아우른다. 종장에서는 "번뇌가 묻은 거라면 별빛으로 지우리."로 극적 반전의 묘미를 살려내어 생명력을 끌어낸다. 시인은 이 대목에서 자유시와 확실한 변별성으로 감동적 시조의 예술성을 담보하고 있다. 시조의 정형성은 음률 성과 함께 변하지 않아야 하며 수용해야 할 것은 시대성이 아닐까 싶다.

위 작품에서 사무사(思無邪)는 시대를 응답하고 있는 정신으로 금간 영혼을 알뜰하게 꿰매고 있다.

세한(歲寒)의 저녁

권 갑 하

간절히 기댈 어깨 한 번 되어주지 못한

빈 역사(驛舍) 서성이는 파리한 눈송이들

추스른 가슴 한쪽이 자꾸 무너지고 있다.

시대의 장엄한 벽화를 꾸민 진경

시조는 사고력에 명징한 해법을 규명하는 일에서부터 암시된 갈등을 원류로 조화를 이룬다. 시인에게 연말 저녁 세한(歲寒)은 참으로 추운 겨울의 역사(驛舍)나 주변이다. 지하철역 대합실 한쪽 구석에 신문지와 널빤지를 깔고 누웠거나 웅크린 노숙자는 우리들의 편향된 현실과 다를 바 없다. 대부분 현대 시조는 세밀한 접근에서 상당히 조심스럽고 예리한 역동적 궤적을 밟는다.

시조가 묵묵히 시대의 장엄한 벽화를 이루는 진경을 느끼게 하는 것은 현 사회의 이면에 나타난 양극화의 얼룩진 모습이다. 〈세한(歲寒)의 저녁〉은 고속 성장에 찌든 도시 서민들의 생생한 군상들이 얼얼하게 녹아 온몸으로 사연을 담는다. 연말연시 눈이 오는 추운 날 겨울의 저녁과 새벽 시간에 역사(驛舍)의 한쪽 구석진 곳에서 신문 쪽

지나 널빤지를 깔고 누웠다. 추위에 웅크린 노숙자의 허술한 모습이 〈세한(歲寒)의 저녁〉이라는 시제로서 참으로 야멸차고 잔혹하다.

노숙자에게 겨울의 아침과 저녁은 기온이 떨어져 더욱 견디기 힘든 시간이다. 굶주린 추위가 마음속까지 얼어 붙게 하는 고달픈 허기에 고통을 동반한다. 파리한 눈송이(노숙자)를 도시 서민의 고적하고 스산하게 시화한 것이 섬뜩하다. "추스른 가슴 한쪽이" 무엇 때문에 자꾸만 무너지는가? 추위와 허기 때문만은 아닐 것이며 참기 어려운 소외감 때문일 것이다.

간과 쓸개마저 죄다 빼버리고 살아가는 현대인의 초상으로 "새한의 저녁"은 다의적 형태이며, 시대의 장엄한 벽화를 꾸민 진경을 여과 없이 펼쳐 놓는다. 평범한 삶의 주변이나 역사 주변을 서성이는 노숙자와 실직자들이 현실에서 밀려난 거대한 사회의 구조적 괴리 때문이라고 묵시적으로 지적하는 사회적 고발이다. 시인은 의식적 고달픈 삶을 한 가슴으로 어우러져 빚어 내린 절제된 시어로의 소환이다. 위의 시편에서 시인은 시조의 운명을 걸머진 공명의 여운을 남기면서 한 줄기 위안으로 위무를 하고 있다.

우한 경고

김 관 형

창궐한 우한 폐렴 상생을 일깨우네
서로가 얽혀있는 연동 사회 공동운명
신비한 극미세계의 거대한 힘 보여주네.

인체 생명의 바다에 변종 바이러스가 휩쓸다.

위의 시조 〈우한경고〉는 서로가 얽혀있는 인간 사회 구조에서 중국 우한 폐렴의 창궐로 인간에게 상생을 일깨우는 일침이다. 체질화된 생명의 다육 식물이 억압적인 외적 조건으로 말살되는 위기에 처해 있다는 경고다. 코로나 19의 바이러스가 2019년 12월 우한에서 인체에 처음 감염되어 2020년 2월 3일 첫 사망자가 발생했다. 미생물의 유전자 조작이 염기 서열의 변경으로 다른 형질을 갖는 생명체로 둔갑한다. 이렇게 둔갑한 생명체는 유해 물질과 합성하여 생물 무기화로 핵무기보다 더 강력한 바이러스가 만들어져 공포의 대상이 되었다. 감염 발생 이전과 이후 사회생활 패턴은 사람들의 가슴속에 찬바람을 밀어 넣는다. 그리고 고독 사회에 진입하는 병폐로 작용한다. 신종 코로나 사태를 계기로 모든 영역에서 새로운 운영시스템 구축을 모색한다. 재난으로 사회적 거리 두기와 두문불출하는 사람들이 늘어나고, 사회 전반에 걸쳐 비대면(非對面) 비즈니스(Business)가 확대되어 고독한 미식가들이 늘어났다. 불안감과 외로움이 겹치면 우울증이나 두통 같은 병리 현상도 나타난다. 인간의 외로움은 혈기 왕성한 청춘들의 마음마저 무너트린다. 이렇듯 전 세계 신종 코로나의 후유증이 사회 곳곳에 미치는 영향은 경제적, 정신적 피해로 이어지고 있다. 예전에 겪어 보지 못한 악종들이 2~3차 감염원으로 작용할 기세다. 돌림 병균으로 인간들은 기발한 방식을 찾아 생활해 나가는 모습이 대단하다. 폐렴의 옳지 못한 재난이 사납고 세차게 퍼짐으로써 인간에게 생(生)과 사(死)를 다시 생각게 한다.

신종 코로나 19의 바이러스는 연동 사회의 공동 운명체에 신비한 극미세계로, 또 다른 세상을 보여줌으로써 거대한 재앙을 경고하고 있다. 인간은 자연을 흉내 내며 모방하고 살아가는 데 환경공해로 무한한 자연의 변이를 실감케 한다. 창궐한 우한폐렴은 코로나 19라는 돌림병으로 인체 생명의 지구에 변종 바이러스를 휩쓸고 있다. 역병의 악재가 언제 끝날지 모르지만 언젠가는 이겨낼 인간에게 지혜가 있다.

바위

고독마저 황홀하게 사르는 석양빛을
늘 시린 가슴에다 모닥불로 지펴놓고
무상을 휘감고 앉아 그 아픔을 삭인다.

비유와 은유로 토씨를 연결한 문맥의 통합성

시조가 독자에게 감명을 주기 위해서는 일상의 언어와 다르게 표현해야 하는데 일상의 언어를 뒤틀거나 낯설게 결합해 이전과 다른 작품성을 추구해야 한다.

〈바위〉는 이러한 측면에서 성공한 작품이다. 원래 바위라는 물질은 무거움과 차가움을 내포하고 있어 시제로서 우선 육중함을 느끼게 한다. 각 장(초장·중장·종장)의 끝 소절을 연결해 본다면, 즉 "석양빛을", "지펴놓고", "삭인다."는 절제된 시어의 문맥이 상호 연동 작용하여 유유히 강물처럼 흐르고, 비유와 은유를 섞어 시어의 얼개로 잘 짜놓은 작품이다. 그리고 각 장의 첫 소절을 연결해도 문맥이 상통한다. "고독마저", "늘 시린", "무상을" 등도 구조상 연결 상태까지 유연하다.

시편의 장마다 말뜻을 더해주는, 즉 관념사에 부속되는 토씨(조사)의 말놀이가 능란함을 알 수가 있다. "고독마저 황홀하게"는 고독이 외로워야 하는데, 어째서 황홀한가? 이러한 표현은 실체를 알 수 없는 고독의 황홀함을 비유와 은유로 형상화한 말 부림이다. 또한 말 부림은 시조의 미학적 잠금장치가 낯설게 하려는 신선함을 추구한 시법이다. 이런 구도의 잠금장치가 견고할수록 시조를 읽는 맛과 감동을 준다. 다층적 의미를 에코데메니즘의 정통적 정한과 시적 상상력이 "무상을 휘감고"로 표현되고 있는 것이다. 시어에 있어 "고독마저 사르고, 시린 가슴, 아픔을 삭인다." 등을 취택함으로써 간결한 응결미와 풍부한 상상력이 돋보이는 한 편의 시다.

종장 "무상을 휘감고 앉아"와 "그 아픔을 삭인다."는 이 시조를 더한층 읽는 이로 하여금 최대한 감상하는 맛을 느끼게 한다.

상상력을 자극하는 종결 어미의 극적인 반전이야말로 이 시조의 최대매력이요, 극적인 대반전의 능숙함이다. 일상(一常) 김광수 시인은 1975년 조선일보 시조 부문 당선으로 등단하여 한국시조시인협회 부회장을 역임하고, 현재 시조협회 및 문인협회 저작권옹호위원으로 중앙시조 단에서 중진으로 활동하고 있다. 시집 『등잔불의 초상』 외 평설집 『운율의 매력을 찾아』 등을 발간했다.

비 오는 날

김 두 수

비 오는 아침이라 내 마음 젖고 있네
자욱한 안개 속에 눈길을 얹어 놓고
일상에 잊고 있었던 지난날을 추스른다.

돌고 도는 인생살이 격려의 칠전팔기

비는 청춘의 우수를 상징하는 낭만적 표상이기도 하지만 근세에 들어서 인간 두뇌 발달로 핵의 공포를 은유하기도 한다. 비가 우리들이 이 세상에 태어나 현실의 눈을 뜨면서 다양한 의미의 스펙트럼(spectrum)을 탑재한다. 비는 내리는 양에 따라 우리가 느끼는 그 속에서 비애(悲哀)와 낭만이 흐른다. 그래서 삼 년 가뭄은 견디어도 석 달 홍수는 견디기 어렵다는 옛말도 있다. 장마가 엎쳐서 태풍까지 끼어들면 그 피해는 이루 말할 수가 없다.

다행히 화자가 맞고 있는 비는 이러한 장맛비나 폭우가 아닌 잠시 내리는 가랑비. 새벽부터 잔잔하니 내리는 비가 아침을 맞이하는 시인의 마음을 우울하게 한다. 상쾌하게 맞는 아침이 아니라 스산한 마음을 젖게 하는 아침이다. 창문을 열고 먼 산을 바라보니 골

짝마다 자욱하게 안개도 끼어있다. 무심히 이 광경을 바라보면서 무슨 생각을 하고 있을까. 멈추었던 지나간 일과 어제의 일들에 생각을 추스른다는 고백이다. 우리가 흔히 일상적으로 비를 대하는 태도와 달리 특별한 의미를 부여하는 화자의 감성을 자극하는 〈비 오는 날〉의 형상이 매우 서정적이며 인상적이다. 이러한 화자의 자세는 예민한 감각과 사유로 불모의 세상을 보고 있음이다. 우리 시대에 맞설 수 있는 가장 함축적이고 음률 적인 가락을 구현해 내는 시조 미학의 정점에 근접하고 있다.

비 오는 아침 시간에 결을 보듬으며 깊숙한 기억을 통한 서정시의 치유가 한껏 증폭될 것이다. 세상은 스스로에 대한 시조의 구도로 직조된 의미는 정서적이고 체험적인 것을 비롯하여 미적 감동을 주며 이러한 감성적 감동으로 깨우침까지 연동시킨다.

〈비 오는 날〉은 고요를 토닥거리며 내리는 빗소리는 삶의 역설적 생성에 순간을 시화한 실체물이다. 어룽진 빗소리가 빚어낸 파문이 서정시의 본향인 음률에 귀의한다. 잔잔하니 비 오는 날 비구름이 잔뜩 낀 창밖을 내다보면서 일상에 잊고 있던 지난 일을 추스르면 돌고 도는 우리 인생살이의 회로애락과 격려의 칠전팔기도 추억으로 다가온다.

물방울

김 락 기

처진 억새 줄기마다 웬 금낭화 피었는가
비 멎자 한 풍경씩 담고 설랑 영롱하니
아뿔싸! 낙화 낙화라 기척 이는 미풍에도.

일상적 삶의 저류에 굴러다니는 목소리

존재하는 가치를 되묻게 하고 내면 깊숙이 숨겨진 의미를 발견하여 순수한 서정의 열정을 담았다. 물방울은 풀잎 위에 떨어지거나 사물에 맺힌 물의 작은 덩이로 수증기 같은 기체 상태로 존재한다. 대기압을 뺀 압력을 받지 않은 조그마한 액체 부피의 모양이다.

위의 인용한 〈물방울〉에 시의(詩意)는 영롱한 느낌의 감동이다. 감동은 길이에서 오는 것이 아니라 깊이에서 온다. 인간의 보편적 감정을 간결하고 쉽게 압축적으로 표현하면 공감의 영역을 증폭시킬 수 있다. 그래서 단시조가 매우 간결한 우리 문학 형식이라는 것에 큰 위안으로 다가온다.

우리들이 살아가다 보면 허허로운 감정으로 유화 변수가 마비될 때 술잔 안에 녹아있는 넋두리 한 접시가 웃음의 비기(祕技)가 되기도 한다. 우울한 마음속의 배려로 굴려보는 물방울이 햇빛에 반사할 때에 그 영롱함은 찬란한 감흥이다. 아름다움과 추함, 그리고 슬픔과 기쁨은 감정의 핵에 달려있다. 희로애락은 객관적 대상이 아니라 주체에 있음이다. 형상의 아름다움 자체에 무게를 더욱더 실으면서 슬쩍 비틀어 미화로 묘사를 하는데 꾸김살이 없다.

  시인은 금낭화처럼 만개한 억새밭을 상상한다. 비가 온 뒤에 맺힌 물방울이 맺히자마자 꽃잎처럼 미풍에 떨어지는 모습을 "아뿔싸"로 표현하여 아쉬움과 허허로움이 대증(對症)요법으로 심하게 충돌한다. 특히 종장의 "아뿔싸! 낙화 낙화라"는 아쉬운 표현으로 주제를 다룬다. 시편의 의도가 무엇인가를 나름대로 짐작하게 하는 등 의미 전달의 효과를 높이고 동시에 공감을 끌어내는 요소로 작용하고 있다. 이 시편을 대미 하는 데 중요한 역할은 함축의 결미로 암시하여 여운의 폭을 넓혀 잠시나마 생각하도록 끌림을 유도하고 있음이다. 금낭화 꽃잎에 앉은 물방울이 미풍에도 낙화처럼 떨어지니 영롱했던 아쉬움의 순간이다. 견고한 시안으로 낙화의 기척을 강조함으로써 풍요로운 미래의 새로운 사유로 초빙한다. 시인의 일상적인 삶의 저류에 굴러다니는 비 멎은 뒤 청량한 풍경을 시화로 낚아채고 있다.

겨우살이

김 명 래

살바람 파고드는 설천봉 흰 숲속에
살풀이 나무마다 파릇이 떨리는 넋
그 어느 황혼이기에 이 겨울도 잠 못 드나.

황홀한 상고대의 환상적 정신기능

겨우살이는 추운 겨울을 버티며 숙주 나뭇가지에 기생하고 하향
하여 새 둥지처럼 둥글게 자란다. 붙살이 풀로 상록 떨기 식물인 겨
우살이의 자생력은 참으로 신비스럽다. 이 겨우살이는 뻐꾸기와 함
께 얌체족이다. 남의 눈치를 보며 잇속만을 차리는 행동의 원업 때
문이다. 숙주 나뭇가지와 오목눈이 새의 둥지에 주인의 허락 없이
슬그머니 침입하여 제집인 양 꼼수를 부린다. 능선의 칼바람이 기승
을 부리는 겨울 시인은 설한이 파고드는 설천봉에 오른다.

고목처럼 말라버린 겨울 산세 속에 겨우살이와 황홀한 상고대가
보고 싶어진 까닭이다. 드디어 시인은 겨우살이가 자생하는 천왕봉
의 하얀 세상과 마주한다. 흰 숲속의 숙주 나뭇가지 끝에 새들의 둥
지처럼 아슬아슬하게 매달려있는 겨우살이의 삶을 한때 화자의 삶

과 인간의 삶에 접목해 본다. 인생 황혼의 막다른 산길에서 겨울 잠 들기가 추웠다는 탄식이 추운 겨울을 더욱더 춥게 하고 있다. 그러나 화자는 중장에서 "살풀이 나무마다 파릇이 떨리는 넋"으로 추운 겨울도 잠 못 드는 밤도 거뜬히 겨우살이처럼 사는 것이 인생임을 긍정적으로 비유한다.

위에서 인용한 작품을 통하여 얻고자 하는 경험적 만족은 미적 감정보다 익숙한 허탈감을 앞세우게 하면서도 야무진 다짐의 의지를 보인다. 한 줄의 시어를 얻어내는 영적 고뇌 속에 사유는 감성의 특성을 끌어내는 정신세계이다. 겨우살이라는 사물을 관찰하고 분석을 하면서 추상적 지식의 작용이 아니라 감성과 대립하는 환상적 정신기능으로 파악하는 식견을 대두시키고 있다. 자연에서 오는 시심이란 시인의 시 정신이며, 시적 언술들은 진실이며 또 다른 욕망의 마음 상태다. 관조의 사색은 시적 사물을 구축해 내는 화법의 신축성에 기인한다. 문장 속에 자기 방식대로 자연을 담아내고 오감을 즐기면서 참신한 묘사력으로 대상물을 형상화하고 시각화한 작품이다.

텃밭

김 명 호

옥상에 흙을 올려 아내가 만든 텃밭
물을 주면 올라오는 흙냄새가 좋다 하며
몇 포기 심은 고향이 콧노래로 잘도 큰다.

일상의 사소한 행복에 향수를 달랜다.

시조는 유연하고 유기적인 운율과 결이 고운 감수성은 물론 타고난 심미감에 이미지의 각인을 요구한다. 시인의 텃밭은 한 폭의 풍경화 속에 정감으로 다가오는 정원은 아니다. 정서가 메마른 자연의 혜택이 전혀 없는 도시의 시멘트 옥상에 아내가 애써 만든 인위적인 텃밭이다. 도시 삶에 약점은 식물을 키울 수 있는 공간이 협소하거나 없다는 점이다. 특히 채소 등을 그저 취미 삼아 옥상 같은 장소에 텃밭을 가꾸어 씨를 뿌릴 수 있는 여건이 된다면야 이 또한 즐거운 일이다.

시인은 옥상 한쪽에 흙을 올려 만든 아내의 텃밭에 아침저녁 호수로 채소의 물을 줄 수 있는 즐거움을 만끽한다. 옥상은 양지가 발라 상추와 쑥갓 등이 따뜻한 햇볕을 받아먹고 싱싱한 자태를 뽐낸다. 고향을 그리워하는 향내를 품어 봄의 싱그러운 맛을 나름대로 뿌리며 밥상머리에 올라앉는다. 비록 넓지 않은 옥상의 텃밭이지만 정성을 쏟아 물을 수시로 뿌려주는 쏠쏠한 재미도 있다. 고추와 방울토마토가 수월찮게 열리어 수확하며 멀리 가지 않아도 집안에서 농사짓는 흉내를 낼 수 있다는 것이 재미의 덤이다.

현대 문명이 도시민의 상처를 치유하는 싱그러운 푸름에 감사의 눈길도 보낸다. 콘크리트 바닥을 깔고 누운 흙더미에서 제 몸을 잔뜩 부풀리고 있는 남새들이 도시의 찌든 삶에 숨통을 열어준다. 흙냄새를 맡은 채소가 물을 뿌릴 때마다 쑥쑥 자라고 있는 눈 호강이 제법 쏠쏠하다. 시골 밭에 심었던 그런 푸성귀가 잘도 자라는 과정을 지켜보면 콧노래를 절로 흥얼거리게 된다. 옥상 텃밭에 지라고 있는 채소가 도시민들의 살아가는 사연들을 고스란히 들으며 자란다. 얕은 땅에 뿌리를 뻗으며 매일매일 파랗게 자란다.

시조를 읽다 보면 앙증맞은 옥상 텃밭도 오밀조밀 참으로 야무지다. 옥상의 텃밭에 흙냄새를 맡으며 생명의 신비를 예리하게 묘사한 시인의 시선과 사고력이 돋보인다.

상고대

김 민 정

태백산 줄기 따라 얼음꽃이 피어 있다
잎새만큼 가지만큼 정직하게 드러낸 채
겨울이 떠나지 않고 사진을 찍고 있다.

자연이 만들어낸 아름다운 예술 작품

　작품 〈상고대〉에 소환된 언어는 "태백산 줄기, 얼음꽃, 잎새만큼, 사진" 등 대체로 대상과 사물에 대한 긍정적 서정의 미학을 거론한다. 온정의 사랑과 외형적 서정을 보는 일에 대상을 배경으로 순수 서정시와는 다른 시각에서 〈상고대〉라는 시편으로 녹여내고 있다.
　태백산 줄기는 우리나라 지형에서 중추적 등뼈의 산줄기이다. 태백산은 우리나라 12대 명산이며 삼신산의 영산으로 겨레에 추앙을 받는다. 우리 민족에게 역사적 문화적으로 신선한 의미와 특수한 기능을 가진 성스러운 산이다. 이 산속에는 많은 전설과 아직 우리가 알지 못하는 사물을 무수히 품고 있다. 특히 태백산 얼음 꽃은 유별나게 아름답다. 상고대는 사전적으로 영하의 고산지대에 얼음 알갱이나 응고된 성애가 햇빛에 반사되어 아름답게 반짝거리는 것을 비유적으로 이르는 말이다. 차가운 온도에 물체와 부딪치면서 만들어진 얼음 입자의 형태로 나무나 풀에 내려 눈처럼 결빙된 서리이다. 잎새만큼 또는 가지에 붙어서 핀 얼음꽃은 형태에 따라 그만큼 빈틈없이 어여쁜 자태를 드러낸다. 추운 겨울은 아직 물러가지 않는 데 등산객과 사진작가들은 이 아름다운 상고대를 놓칠 수가 없어 사진을 찍는다. 이러한 모습은 시인인들 외면하기 어려워 문자로 사진을 찍는다. 시인은 존귀한 자연의 현상이 제자리를 버틴 고목의 생명력을 느낀다. 마음의 생태계 속에 끌어들인 나무 둥지와 청정한 울림이 될 장르의 푸른 산은 눈길을 멎게 한다.

　신선한 태백산 줄기의 공기는 너무나 상쾌하여 지적 편식에 좌표를 찍으며 특이한 이질감을 느끼게 한다. 영하의 강한 추위가 이미 얼음꽃의 군락을 이룬 태백산 산줄기에 반질반질한 윤기를 흘린다. 앙증맞은 겨울 산새는 상고대와 짝꿍이 되어 마실 왔다가 초봄 맞을 준비로 실눈 감고 제짝을 기다린다. 모두가 정겹던 계절의 형상들이다. 저 멀리 보이는 하얀 치맛자락을 두른 능선에 입동이 지나가고 겨울의 냉기를 넓히고 있다. 산정을 통하여 마음을 순화하고 친환경적 삶을 바라던 현대인들에게 다양한 형태의 상고대는 낭만과 여유를 가져다줄 자연의 예술 작품이다.

개미 행렬

김 복 근

지나 온 험한 삶이 되돌아 보이지만
내가 가면 길이 된다. 저 오만한 발걸음
깃발도 군악도 없이 위풍당당 걸어간다.

조직적 상생과 공생이 농축된 실존 의식

개미들은 거의 모든 종이 조직 생활을 하며 전 세계에 분포하여 서식한다. 개미들은 군대의 조직이 지휘관, 장교, 사병 등 세 계급이 있듯이 개미도 역시 여왕개미, 수개미, 일개미 등 세 계급으로 구성되어 이들 행렬은 군인들의 행군 훈련과 흡사하다. 수개미는 일개미와 몸집이 같으나 다만 날개가 있어 배 벌과 같은 특징을 지닌다.

오로지 여왕개미와 더불어 종족 보존의 역할만 한다. 일개미는 먹이를 구하고 죽은 동료 사체를 운반하여 처리하는 외에 조직을 먹여 살린다. 개미들의 동료 사체 운반 행동은 죽은 동료들을 애도하는 것이 아니라 사체로부터 감염을 확산과 위해를 방지하려는 행동으로 알려졌다. 개미들이 동료 사체를 끌고 가는 모습에서 뭉클한 장면을 볼 수 있다. 동료 사체를 쓰레기장이나 시체 보관소에 가져가는 것은 감염을 미리 예방하는 지혜이다. 한 걸음 더 나가 다친 개미들은 다시 공격에 가담할 수 있을 때까지 치료해준다. 개미들은 부상한 동료의 치료와 감염 확산 방지를 위한 사회적 거리 두기 행동은 인간으로서 본받을 만하다. 위의 시조에서 개미의 행렬은 상생과 공생, 그리고 생태학적 관심과 통찰, 체험을 통해 우리 인간에게 많은 체계적 교훈까지 암시한다. 개미 떼 행렬이라는 특수 조직체의 행동을 보고 지각된 현실에서 자아의 의식이 투영된 인식은 시적 시상을 전개하는 중요한 요인이 된다. 곧 개미의 속성이 인간의 삶으로 교육적 가치를 유인하여 끌어들인다는 의미이다.

시인은 자신의 인생을 통해 길이 없고 방향마저 알 수 없는 행로에 지나온 험한 삶을 뒤돌아본다. 당당한 걸음으로 길을 내어 행군하는 개미 떼의 행렬을 시적 화자가 살아왔던 길과 비유한다. 개미처럼 깃발도 군악도 없는, 그 누구의 도움도 없이 당당한 행렬로 살아왔는지 반추해 본다. 오만한 발걸음이지만 화자가 가면 위풍당당하게 걸어가는 길이 된다. 개미사회와 인간사회의 유사점을 성찰적 자세로 보여준 존재론적 구경(究竟)에 접근하는 늘 새로운 시 세계에 눈을 뜨고 있다.

입김

김 사 균

차디찬 유리벽에 입김으로 망을 씌워
상처 진 새끼손가락 떨면서 그린 삽화
벽 저쪽 꽃이 된 내가 산이 되고 탑이 되고.

피안의 세계와 실존에 세계를 시화하다

입김은 입에서 나오는 더운 김 서림이다. 따뜻한 호흡에 포함된 수증기가 차가운 물질과 부닥치면 뽀얀 성애로 변한다. 추운 겨울 아침 시인은 무심히 차가운 창문에다 후하고 입김을 불어본다. 하얗게 서린 유리창에 새끼손가락으로 그림을 그리며 깊은 사념에 잠긴다. 희미하게 서린 입김으로 유리창 문 안쪽과 바깥쪽을 투사하여 안과 밖의 세상을 마음속에 그림을 그려본다. 벽의 창문 바깥쪽은 차가운 데 안쪽은 따스하고 편안한 공간으로 아늑하기까지 하다. 창문 바깥은 고정된 세상을 탈피할 수 없는 피안의 세계와 실존의 세계를 연상케 한다.

화자는 벽 창문 쪽의 일상에 머물러 있음을 느낀다. 벽 저쪽 바깥에서 꽃이 된 시인은 산이 되고 탑이 된다며 자신의 상상을 버무려

다소곳이 훌륭한 작품을 빚어낸다. 시적 자아가 대상으로부터 지각된 실체에 잠재한 의식을 투여하여 현상학적 시상을 전개하고 있다. 이 시조를 읽다 보면 섬세한 편린을 다채롭게 채굴하여 상상의 나래를 활짝 펴는 평범한 일상적 여유를 보게 한다. 우리의 일상을 위무하면서 잘 정립한 시선과 절제된 생각으로 세상에 관심사를 아우른다. 스스로 사유하며 곱씹고 되새기는 진정한 자아를 만나서 적나라한 모습들을 타자에게 여실히 공개한다.

시인은 피상 물의 "입김"이라는 매개체를 통하여 본질과 특성을 파헤쳐 깊은 관심과 친밀감으로 의인화하고 있다. 인간의 문제나 사물에 대한 침해를 벽을 경계점으로 하여 안의 내피와 바깥의 외피를 슬며시 드러내 보인다. 훌륭한 작품은 억지로 꾸민 흔적 없이 순수한 감성에서 마음속에 우러나오는 울림이어야 한다.

이 작품의 종장에서 "벽 저쪽 꽃이 된 내가"라는 의인화의 표현 기법에 한껏 힘의 뒷받침이 되어 "산이 되고 탑이 되고"의 시구를 끌어들여 유심히 살핀다. 아! 시조는 바로 이렇게 엮어야 하는구나 하고 느낄 수 있도록 유도한다. 화자는 창문에 서린 입김에 새끼손가락을 떨면서 피안의 세계와 실존 세계를 시화하고 있는 행위가 이 시의 핵심이다.

난(蘭)이 있는 방

김 상 옥

난 있는 방이든가 마음도 귀가 밝다
얼마를 닦았기에 눈빛마저 심심한가
흰 장지 구만리 바깥 손 내밀듯 보인다.

시조의 묘미가 한껏 풍긴 미학적 감성

난 있는 방은 따뜻한 햇볕과 공명의 감탄이 이입될 때 고고한 숭고에 시조의 미학적 감성을 증폭시키기에 충분하다. 시조는 함축적이되 부드러운 상징과 은유가 주는 조용한 다독임의 여운을 남겨야 한다.

처음부터 초장에 시인은 마음으로부터 밝은 귀의 공감을 일으킨다. 마음과 귀는 이미 밝아서 "난"이 있는 방에 머물러 감각적 이미지를 서로가 갈아서 닦으며 나누고 있다. 마음과 귀가 모두 공통적 감각에서 정지하지 않고 계속 활동을 한다.

창문으로 비치는 햇살이 그 어느 때보다 따뜻하고 밝기 때문이다. 중장에서 "얼마를 닦았기에 눈빛마저 심심한가."라는 표현이 자연스럽고 심오하여 이 시조의 맛깔스러움을 유감없이 풍기는 대목이다. 깨끗이 닦은 창문을 통해 스며든 햇살에 융화된 "난"을 매개체로 정화하여 외부와의 열린 공간에서 투영되는 과정이 분명하다. 시조의 묘미가 한껏 풍기는 미학적 감성이 풍부하다.

또한 편안하게 사물을 다루는 깊은 의미를 맛깔스럽고 능란한 솜씨로 걸러낸다. 중장은 초장의 반어적 수사 기법으로 형상화하였던 마음과 귀와 눈빛을 맑게 닦은 과정의 처리다. 종장의 "흰 장지 구만리 바깥"이 과장된 표현으로 느껴지지 않는 것은, 조화를 적절히 이루어낸 시어의 말 부림이다. 이것은 마음과 귀와 눈빛을 창문처럼 투명하게 잘 닦았기 때문이다. 바깥에 손을 내미는 거리가 얼마나 멀었기에 구만리인가. 그러나 그 멀고 먼 구만리가 추임새로 손끝에 잡히고 만다. 사물의 서사에서 친밀하게 다가설 소통의 탄탄한 밀도가 여실히 시선을 끈다. 이러한 밀도는 시조의 체온이 전달되는 과정에서 흥분된 파급력과 감성을 담보로 한다.

은유의 기법으로 화두에 접근할 수 있는 가능성 때문이다. 시어로 독자들의 마음에 전달되는 느낌의 감정이 가치를 충분히 누릴 수 있게 한다.

눈꽃

김 석 철

진통으로 지새운 밤 가뭇없이 물러가고
적막 속에 꽃이 곱다 환희 뜬 영혼의 눈
순백에 속진(俗塵)끼 일라 꿈결이듯 부신 아침.

시혼의 사물에 대한 미세한 시학의 묘미

시조의 창작 구상에 필요한 소재는 멀리 있는 것이 아니라 시인
자신의 생활 주변에 널리 깔려있다. 시인은 언제나 친자연적 소재에
서 새로운 감정을 사유하며 자연의 흔적과 탐색을 심도 있게 자아와
연결함으로써 다각화한 시재의 광맥을 찾는다. 자연을 통한 시공간
적 생명성의 질서에 순응하고 또한 끊임없이 질문하면서 그 해답을
찾는 것이다. 시의(詩意)에 대한 염원이 반복적으로 연결해 번민이나
향수, 그리고 내면에 잠재된 역량을 외부로 분출 시켜 순수한 감성
이 물씬 풍기는 정감을 발산한다.

위에서 인용한 〈눈꽃〉은 시혼에 대한 세밀한 시학적 묘미가 내포
되어있다. 하늘에서 눈이 내릴 때 아주 미세한 진동을 일으키며 지
상에 내려앉는다. 위의 작품 〈눈꽃〉은 육화된 언어 탐구로 이끌어가

는 시적 내공까지 긴장감을 늦추지 않는다. 환희에 눈부심을 초연하게 바라보는 시적 여운이 감돌고 자각하는 자성적 몸부림을 가락 언어로 담아낸다. 시조에서 자연의 표피를 묘사하기에 적절한 것은 인간적 감성의 자극적인 유정 물과 무감각의 무정물이 교차하는 까닭이다. 서정 미학의 원색적 감정 표출을 소이(燒夷) 하는 것은 절제의 미학과 거리를 둘 수가 없다. 서정시의 핵심인 그리움과 아름다움이 삶에 결정적 인간관계의 정립에서 기인한다. 군더더기 하나 걸치지 않은 완벽한 시조 보법이 범상스럽다.

시제의 물상 속을 자유자재로 넘나드는 시적 역량을 충실히 담보하고 있다. 긁어서 먹먹한 가슴을 뚫고 오므려진 생각에도 편안함을 부려놓는다. 지새운 밤 나뭇가지 위에 얹힌 눈은 흡사 여러 형태의 꽃이 핀 것처럼 보이는 눈송이다.

자연과 조화를 이룬 꿰맨 자국이 없는 그런 천의무봉에 선명한 이미지가 살아 숨 쉰다. 이러한 작품이야말로 시혼에 대한 미세한 시학의 묘미를 맛볼 수 있다. 순백에 환희와 영혼의 눈꽃으로 피어나는 모습들을 시인은 혹시 속진(俗塵)이라도 끼일까 봐 마음에 조바심을 크게 느낀다. 밤사이에 수북하게 눈이 내린 아침은 참으로 깨끗하고 눈부시다.

봄 강

김 성 덕

헐벗은 사연끼리 스며든 눈물의 강
이승의 허물 담아 윤슬로 반짝이며
출렁여 바다로 간다. 적멸마저 껴안고.

세속의 허물을 씻어 적멸 함께 흐르는 강

시인은 자아가 체험한 내면적 상처를 살피고 사유를 분석하여 감동이 수반하는 보편적 의미를 부여한다. 자신의 감성적 상처를 확대 가장 하거나 그것을 고의로 감춘다면 추상의 힘겨운 가면을 벗지 못한다. 작품 〈봄 강〉이 내장한 의미의 부정적 사연과 긍정적 깨달음을 개인감정의 언저리에 머물지 않고 현실의 삶과 관계가 어떠한지 추적하고 있다. 시조가 초월의 형식이라는 미학적 명제를 인정한다면 자연에 대한 관심과 사물의 소멸에 대해 절연하고 복잡 다다 한 낭만주의의 충동에서 벗어날 수가 없다.

중장 "윤슬로 반짝이며"라는 표현은 자칫 둔감해질 시적 분위기를 연속시킨 장치로 보인다. 봄철에 강은 어린 생명을 키우는 자연의 품 안이다. 시인은 말보다 글로 표현하고 머리보다 가슴으로 노래하는 존재다. 이른 봄날 강가에 거닐다 보면 서정의 사연들을 떠올리게 한다. 강가 돋아나는 새순에 수분 흐름과 함께 풀벌레 소리가 들리면 봄의 색깔은 한 뼘쯤 더 푸르다. 과거에 기억이 뒤돌아와 현재의 빈자리를 채우면 알아보지 못한 것들은 의식의 반추로 과거가 신선해진다. 헐벗은 사연에 젊음을 잃는 것은 자연스러운 현상이며 내상을 망각하는 것에 큰 용기가 필요하다. 이승에서 저질러진 모든 죄를 강물에 뿌려본다.

시인은 세속의 사연은 물론 허물까지 씻어서 적멸을 안고 흘러가는 강물을 하염없이 바라본다. 봄 강의 물길이 빠르든 느리든 햇살을 받으며 바람과 함께 앞 물이 뒷물에 떠밀려 바다로 흘러가듯 변화가 없는 한 먼저 나타난 것들은 뒤에 나타난 물에 밀려 그 자취를 감춘다. 자신이 밟아온 길과 현실을 강물에 비추어본다. 공허하고 무의미하게 느껴지는 삶에서 파생되는 감회에 젖는다. 게걸스러운 탐욕의 행동을 남의 탓으로 돌리려 하고 사회 윤리와 개인의 실존 방식을 늘 함께 추구할 수밖에 없음이 인간이다. 이 작품의 종장에서 "적멸마저 껴안고."라는 표현으로 마무리한 것은 다른 시인이 미처 느끼지 못한 것, 쉽게 놓친 것을 찾겠다는 소박한 의지의 표현이다. 봄 강은 적멸을 껴안고 출렁이는 세속의 허물까지 씻으며 바다로 흘러간다.

빙렬 백자

김 성 수

유리에 실금 가듯 얼음에 잔금 가듯
살갗이 갈라져서 아픔이 서리었네
그 균열 사이사이로 가물거린 흰 연기.

잔금에 주어진 아름다운 생명력의 실체

유리나 얼음에 충격을 가했을 때 생기는 금을 균열이라 하고 빙렬은 거북이 등처럼 여러 갈래로 유사하게 갈라지는 모습을 가리킨다. 자료의 본바탕과 불연속 부분으로 본질에 생긴 깨진 곳을 결합한 무부하의 상태로 복잡한 형상이다. 이 빙렬은 공간 혹은 충전물을 갖고 있어 근접하는 복합 결합의 상태를 이룬다. 또한 균열은 여러 가지 형태로 타원형 균열과 반타원형 경화 밑 직선 또는 곡선 균열로 근사(近似)된다.

불완전한 균열은 오히려 그 생명력이 주어질 때 더 아름다운 모습을 띠게 된다. 백자에 비색과 빙렬을 우려내려면 재료(흙)부터 달라야 하고 도공의 기술이 출중해야 한다. 백토를 순화해서 빚은 정성과 그 과정은 장인정신의 혼이 담겨야 비로소 명품을 만들어 낼 수가 있다. 빚어낸 백자의 빙렬을 보고 그 화려한 생명력의 자태를 쏟아낸 도공에게 살갗이 찢어지는 듯한 통증 같은 안도의 한숨에 숨마저 멎게 한다. 백자 빙렬의 아름다운 모습은 잔금에 주어진 환상적 생명력의 실체이다. 그리고 맑은 유리와 얼음의 잔금이 간 부위를 햇살이 비칠 때 그 찬란함은 무언의 형상이다.

시인은 찬란함과 아름다운 모습을 보고 살갗이 갈라지는 아픔이 서린다고 했다. 이러한 아픔은 견딜 수 없는 짜릿함과 황홀감을 느끼게 한다. 위의 작품 〈빙렬 백자〉는 풍부한 상상력과 언어 구사 능력 등 조율의 기법이 원숙한 솜씨로 가작을 만들어 내었다. 내면적 호소력이 아픔을 고뇌하는 깊이와 완숙한 해탈을 갈구하여 집요한 몸짓으로 다가선다. 서글픈 성숙을 객관화한 그 진솔함을 회화적으로 압축시킨다.

본 작품은 시상의 전개가 확장된 사유의 좁은 공간에서 자유로운 질서를 이루고 있으며, 잘 정돈된 조화로운 은유와 상징 기법의 형식을 취하고 있음이 돋보인다. 좀 더 차원 높은 개념의 실체 등 표현기법과 긴장감을 더해주는 시상 전개가 필요하지만 견고한 사실과 근거에 기존해서 따뜻한 진언으로 빛을 발하는 풍요로운 미래를 이 작품을 통하여 사유로 초빙한다.

함구(緘口)

김 소 월

월색은 생비취(生翡翠)요 우성(雨聲)은 전유리(轉琉璃)

입을 묻고 앉았으니 그지없는 심사로다

내리는 수정렴에 자던 바람만 놀래라.

휘황찬란한 달빛의 서늘한 감촉

김소월은 우리에게 잘 알려진 시인으로 본명은 김정식이다. 오산학교 스승인 김억(金億)의 지도로 자신의 시 세계를 활짝 열었었다. 주로 시조보다 명시인 "진달래꽃" 등 서정적 자유시를 많이 썼지만 "축대" 외 몇 편의 시조도 남겼다. 특히 이별과 그리움을 비롯하여 우리의 정서에 기인한 슬픔, 눈물, 정한 등을 주제로 일상적이면서 독특하고 울림이 있는 시를 많이 창작하였다. 진달래꽃을 비롯한 산유화, 접동새, 초혼 등은 리듬에 대한 민감한 시편의 음률 성으로 대표되고 있다. 목마른 우리의 감성에 진정한 정서를 독자적 언어 구사로 인지 감각을 길러주고 있다.

위의 시조 〈함구(緘口)〉는 1921년 4월 27일 동아일보에 발표되었다. 김소월은 20대인 1922년 이후 전성기를 맞으면서 32세의 짧은 인생을 마감하게 된다. 시조 〈함구(緘口)〉는 "진달래꽃"보다 1년 앞서 발표한 것으로 알려진다. 작품 〈함구(緘口)〉는 욕된 일을 참고 견디면서 입을 꼭 다물어 붙인다는 뜻이다.

이 시편에서 〈함구(緘口)〉의 의미는 욕된 일에 입을 다무는 것이 아니라 달빛의 서늘한 감촉을 주는 비췻빛 휘황찬란한 모습에 감탄해서 입을 다무는 것이다. 유리 위의 물이 흘러내리는 빗소리조차 구슬 구르는 소리로 착각을 한다. 방문에 구슬을 꿰어 만들어 늘어트린 발에 (무엇을 가리는) 부딪쳐 일단 멈춘 바람마저 놀라고 만다, 이러한 광경을 보고도 감탄의 소리 한번 내지르지 못하고 입을 다물어야 하는 그 심정이 오죽이나 황홀했으랴. 마지막 종장에서 "내리는 수정렴에 자던 바람만 놀래라."고 여태껏 못 질렀던 안타까운 감탄의 소리 대신, 절창을 토해낸다. 우리들이 의식 속의 생각은 숨길 수 있어도 무의식 속의 생각은 숨기기 참으로 어렵다.

시조가 45자 이내로 제한된 자수율에서 압축된 시어로 구슬을 꿰게 하는 토속적 서정이야말로 강렬한 힘을 발산한다. 이 한편의 "함구"라는 시조를 감상함으로써 자연과 세상사가 현실 앞에 유한한 운명으로 다가오고 스쳐 가는 순환의 이치를 터득하는 법을 가르치고 있다.

모정

김 숙 선

쪽머리 물레 소리 구름 위에 띄워놓고
연둣빛 수풀 헤친 모정의 그리움을
차향에 적시는 추억 베틀 위에 뜨는 달.

베틀 위에 올라앉은 어머니의 뒷모습

어느 가수의 유행가 가사처럼 모정은 피가 섞인 인자의 본능적 원천이다. "구슬픈 메아리에 들리는 너의 이름, 철새도 봄이면 돌아오는데 떠나버린 내 자식은 소식도 없네."라는 가사처럼 모정의 그리움에 참으로 피가 끓는 애뜻함을 노래한다. 자식에 대한 모정은 동서고금을 초월한다. 사람들은 자신들의 어머니를 생각할 때 세상에서 하나밖에 없는 사람으로 자식들의 거울이며, 세상에 태어나서 맨 처음 만나는 분이다. 정신적 자산의 유훈과 빛을 드리운 어머니를 못내 잊지 못하는 연유이다.

그런 따뜻한 이름, 어머니는 불멸의 존재이다. 인용한 작품에서 무한의 세계를 만들고 있는 모정이 솜이불 같은 어머니의 사랑법을 비유하고 있다. 한평생 옹색한 삶을 살아가는 동안 갈피를 잡지 못하고 헐떡일 때도 자식들에게 희망과 빛을 밝혀 준다. 수많은 가객도 모정을 노래하는 것은 탯줄이 배꼽의 흉터로 남는 천륜이기 때문이다. 생명을 탄생 시켜 밖으로 불러내는 것은 탯줄이 아니던가. 꽃구름 자락 위에 띄운 눈곱 닦은 눈동자로 자식들의 가슴에 울리는 유행가 가사가 한 생애를 수술 바늘로 꿰어 메고 있는 모정이리라. 때로는 가식 없고 그리움이 속옷에 묻어나는 진한 살갗 냄새를 맡는다. 희로애락을 한탄하는 유행가가 늙어가는 자식들의 신상과 뼛속 깊이 닮았다.

시조 〈모정〉은 어릴 때 어머니의 모습을 떠올린다. 비녀 쪽을 낀 어머니가 베틀 위에 앉아서 베를 짜는 뒷모습의 추억을 담았다. 수많은 세월이 지난 지금에 와서 하늘 중간에 뜨는 달로 어머니의 자태가 시인의 머릿속에 떠오른다. 물레 소리와 베 짜는 소리를 구름 위에 띄워놓은 모정의 그리움이 차향에 적시는 향기보다 더 강렬하게 마음속을 적신다. 추억을 어딘가에 감추었거나 깊은 곳에 잘 가라앉혔다 해도 거기서 비롯된 사연이야 지울 수 없다. 사는 모습이 고달파도 자식을 대할 때 어머니 마음은 항상 자식에 대한 부처가 되시었다.

까치놀

김 승 규

초겨울 저녁나절 무료하여 자적(自適)하다
뜰에는 가랑잎이 사뿐사뿐 걸어오고
마루에 주안반(酒按盤) 놓고 술잔 함께 들자 한다.

자연에 자적(自適)하는 풍류의 미학

시인은 하얗게 번득거리는 난 바다의 까치놀을 등지고 무심코 지나가는 화물선의 물길이 잔잔하게 석양을 받아 안고 드러눕는 한 폭의 그림 같은 망상에 젖는다. "까치놀"이 번득거리는 수평선은 흡사 바다의 물결에서 저녁노을은 비늘이 일듯 초겨울의 저녁나절을 방불케 한다.

화자는 아무런 속박을 받지 않고 여유로운 마음으로 편하게 즐기면서 침묵 속으로 어우러진다. 할 일 없이 일상의 허구한 세월을 보내면서 매사에 얽매이지 않는다. 현실을 초월하여 대자연의 무궁한 품속으로 자유롭게 노닐어 본다. 뜰에 흩어진 가랑잎을 물끄러미 바라보며 가지에 남은 마지막 낙엽 한 잎의 흔들림이 쓸쓸하기도 하다. 초겨울 저녁나절의 풍경을 오랫동안 바라보니 개운한 맞춤의 저녁이 쓸쓸해서 오히려 다정한 느낌으로 다가온다. 마루에 술과 안주를 차려놓은 소반을 놓고 옛 벗이 술잔을 들자고 권할 것 같은 분위기다. 위에 인용한 시제 〈까치놀〉의 행간에서 눈에 띄는 것은 "무료한 자적(自適)"과 "주안반(酒按盤) 놓고"의 시어를 취택하여 까치놀이라는 무형의 사물에 이입 시켜 생명력을 불어넣고 있는 시작법이 독특하다. 유·무형적 유기체가 시인의 눈에 띄면 새로운 이미지로 단장을 시켜 아름다운 작품에 미를 살리려는 의도로 보인다. 이미지 창출의 저변에 깔아 놓으려는 의도는 사물이 하나의 생명을 지닌 존재로 자리 잡기를 갈망하는 것이다. 만질 수 없고 볼 수 없지만 여러 통로를 통하여 우리 마음 속에 날아들어 씨앗으로 뿌리를 내리게 한다. 상상력은 사물이란 존재에 대한 높은 가치를 비유하고 가장 아름답거나 커다랗게 환생하는 것으로 상징한다.

　매체에 화자의 이야기를 전이시켜서 이미지를 선명하게 하나로 이끌 수 있는 작품이다. 기발함은 비예측성과 형식주의로 낯설게 하는 것이 속성인바, 이러한 속성이 없다면 예술성이 떨어짐을 유념할 일이다. 안정과 절제감이 녹아있어 타고난 필력에 추진하는 적절성을 확대시키고 있다.

동백꽃

핏빛보다 선명하게 이어 온 한평생
푸른 파도 장장 마다 절명 시 새겨놓고
단 한 번 망설임 없이 몸 던지는 저 단심.

기복을 다스리는 견고한 삶에의 수사.

　인용한 위의 작품은 인생의 조화로운 한 단면일 때가 되면 망설임 없이 피는 동백꽃으로 의인화하였다. 동백꽃이 필 때의 화사함과 질 때의 애잔한 모습은 자존을 담아내는 한 사발의 숭늉이다. 모든 식물의 잎이 지고 난 겨울에 피는 동백은 붉고 선명하여 그 아름다움이 참으로 고상하다. 매서운 찬바람을 맞이하여 날씨가 추워질수록 꽃이 더 아름답게 활짝 핀다. 겨울에 수분을 도와줄 곤충이 없어서 향기보다는 강한 꽃 색깔로 동박새를 불러들인다.
　시인은 으슥한 겨울 해변에서도 쉽게 감상할 수 있는 지혜로운 동백꽃의 세계를 만난다. 드넓은 바다의 파도를 시어로 포용하여 절명 시 한 구절로 환유시킨다. 동백꽃을 바라보는 선험적인 감성을 발아시키면서 명상의 시간적 여유로움을 갖게 한다. 남쪽 해변에서 군락을 이루는 동백은 거센 해풍을 맞으며 핏빛보다 더 선명한 꽃잎을 피운다. 겨울에 피어나는 꽃을 그대로 가져왔다 하여 동백이란다. 12월부터 1월까지 꽃을 피우는 동백은 봄이 오기 전에 홀로 피우면서 완벽한 아름다운 자태의 신비를 자랑한다. 동백의 한평생은 인간의 한평생과 유사하다. 동백이 필 때는 주저함이나 망설임이 없다. 그저 온몸을 던져 피는 단심만이 있을 뿐이다. 한겨울 추위를 감내하면서 기복을 보듬어 다스리는 견고한 삶은 오직 꽃을 피우기 위한 자연의 섭리와 이치이다.

시인은 동백꽃이라는 사물을 의인화하여 인간의 세계와 꽃의 세계를 연동시킨다. 사물에 대한 인식을 재고하여 의미의 창출을 도출해내고 그 특성을 파헤쳐서 적합한 의미로 친밀감을 부려놓는다.

이러한 시적 기법은 위에 인용된 작품의 종장에서 "망설임 없이 몸 던지는 저 단심"으로 인간의 영과 동백의 육을 가진 고유한 생명체라는 인식을 하고 있다. 능란한 표현력과 사색의 관찰력으로 형상화하여 시조의 생명력을 갖는다. 〈동백꽃〉이란 존재의 유한성이 주는 아름다움을 낙화에 슬픔으로 전이되어 인간과 자연에 상통하는 모습을 여유롭게 나타낸다.

목탁

김 옥 중

한평생 맞고 사는 업보를 타고나서
허리가 휘도록 두들겨 맞고 살지만
오늘은 뉘 가슴속을 석등처럼 밝힐까.

중생들이여! 목탁 없는 절을 보았느냐?

소원이 지극 정성이면 타는 노을도 연꽃이 된다. 목탁 소리에 야
릇함이 풍기면 맺힌 응어리가 풀릴 것도 같다. 중생들은 삶에서 무
엇이 고통스러워 목탁을 두들기고 있는가? 일상의 어두운 구석을
보듬어 세속에 찌든 속내를 깔끔히 씻어 주기를 원하는가. 목탁은
제 할 일을 다 하려면 두들겨 맞아야 소리를 내고 소리를 내어야만
생명력을 얻는다. 우매한 중생들이여! 목탁을 손에 들지 않은 스님
을 보았느냐? 목탁이 없는 절과 법회를 보았느냐? 두들겨 맞아야 소
리를 내고 소리를 내야 예불의 추임새로 환생하는 목탁은 스님이요
사찰이며, 중생들에 백유경(百喩經)을 읍소하는 석가모니의 외침이다.
올곧은 계율의 의미로 성불을 위한 보살도의 상징물이기도 하다.
목탁이 지닌 넓고 깊은 불교적 의미는 목어의 변용으로 물고기 모양

을 한 성물이다. 절에 가면 목탁을 비롯하여 목어, 물고기 모양의 풍경, 기단이나 벽화에 등장한 물고기와 관련된 성물들을 심심찮게 만난다.

김옥중 시인은 호가 청암(靑岩)이고, 전남 담양군에서 출생한 교육자로서 『시조문학』〈풍란 운〉으로 등단을 하였다. 대표작으로 〈대금 산조〉, 〈반송을 두고〉 등의 작품이 있으며, 최근 『빈 그릇』이라는 시조집도 발간하였다. 한국시조시인협회, 호남시인협회 회장, 한국시조협회 부이사장을 역임하는 등 중앙 문단에 활발히 활동하는 중견 시인이다.

김옥중의 목탁은 중생들의 가슴속을 석등처럼 밝히는 조용한 부처님 독경에 관세음보살 나무아미타불 하는 불자들의 성불이 아닐까 싶다. 목탁은 목숨이 다할 때까지 평생 맞고 살아야 하는 업보를 타고났다. 부처님은 중생에 목탁을 만들게 한 불구(佛具)로 불문 세계에 노크하는 천상의 목탁 소리를 원하셨다. 허리가 구부러질 때까지 두들겨 맞아야 비로소 입불(入佛)을 한다. 백팔번뇌 참회를 하고 허리가 휘도록 가피를 씻으며 부처님의 말씀을 실천하도록 생활 도량에 알리는 목탁 소리가 아닐는지.

워낭소리

김 재 황

울린다. 산 너머에 돌밭 가는 딸랑 소리
꿈결인 양 복사꽃은 피었다가 바로 지고
새벽에 산자락 타면 소 울음도 들린다.

소의 착한 눈망울 소리

시인 김재황은 고려대학 농학과를 졸업하고 농촌지도사와 농림부 간부로 재직하다가 자영 농장을 하면서 『월간문학』으로 등단, 이후 여러 권의 시집과 산림에 관한 많은 농촌 기행문의 저서를 남기고 있다.

시제 〈워낭소리〉하면 우선 떠오르는 것이 고향 녘의 산천초목이며, 우리 조상들의 아득한 논밭 갈이로 생생한 모습이 떠오른다. 지금은 기계의 발달로 농사일에 경운기나 트랙터, 콤바인, 이양기 등 다양한 농기계로 대체되고 있지만 40~50년 전만 해도 논밭 갈이와 농작물을 실어 나르는 수레 끌기는 소들의 몫이었다. 논밭 가는 소는 언제나 워낭(가축에 단 방울)을 목에 달고 걸을 때면 딸랑딸랑 소리를 낸다. 등에 붙은 쇠파리를 쫓으려고 머리를 흔들 때면 그 종소리가 유난히 크게 들린다. 여하튼 농경 사회부터 유구한 세월 동안 소는 인간과의 동반자 관계를 이루고 살아왔다.

농촌에서 노부부의 삶을 주제로 한 얼마 전 상영 되었던 '임아! 그 강을 건너지 마오.'에서 워낭소리는 먼저 떠난 할아버지가 자신을 부르는 혼의 소리로 들린다. 소와 함께 여물을 먹이며 살아온 긴 세월의 그 기억을 잊을 수가 없기 때문이다. "울린다. 산 너머에 돌밭 가는 딸랑 소리"에서 돌밭을 갈 때 꼬리와 머리로 쇠파리를 쫓을 때마다 딸랑딸랑 워낭소리는 잦아진다. 산 너머 멀리 들리는 워낭소리는 농촌의 한가한 느림의 미학이 짙은 감동으로 다가온다. 때마침 복사꽃도 피어있고 송아지를 부르는 어미 소의 울음소리도 가끔 들려온다. 얼마나 정겨운 농촌의 풍경인가. 그러나 지금은 산업화하면서 기계문명의 발달로 옛날에 '소'가 했던 논갈이를 비롯한 농사일을 농기구로 대체하고 있는 농촌의 실상이다. 더구나 도농(都農)의 거리가 좁혀져서 이러한 농촌 광경은 대체로 볼 수 없어 아련한 옛 추억이 안타깝다.

여기서 시인은 소의 그저 착한 눈망울이 슬픈 듯 안쓰럽고, 멍에 하나 얹어 메고 가파른 언덕을 묵묵히 수레를 끄는 소의 숨결을 작품 속에 고스란히 녹여놓고 있어 읽는 이로 하여금 잔잔한 감동을 준다.

폭포

김 준

낮은 데로 떨어지고 몸 낮추어 내리는 물
부딪혀 부서지는 통곡을 들었는가
오늘도 보내야 하는 외로움을 보았는가.

쏟아낸 물거품 힘차고 고독한 통곡

높은 곳에서 낮은 곳으로 고인 물이 갑자기 절벽에 도달하여 일시에 쏟아지는 폭포의 위력은 떨어지는 소리와 함께 에너지가 흘러넘친다. 인용한 〈폭포〉는 시제의 어감만으로도 힘차고 위력적인 존재를 쉽사리 떠 올리게 한다. 생명이 요동치고 부딪쳐 부서지며 전율의 힘으로 거대한 몸집을 지탱한다. 우리의 잔잔한 감성을 자극하며 자연의 무한성에 극복하려는 인간의 생명력을 역동적으로 표출해낸다.

시인에게 있어 폭포는 쉽지 않은 우리들의 삶을 통하여 때로는 몸을 낮추어 물처럼 밑바닥으로 흐르는 세상살이에 한 단면을 유추해 내려 한다. 고난이 부닥칠 때면 스스로 부서지고 통곡하여 외로움이 찾아들면 고독의 굴곡을 삼키면서 쓰다듬고 보듬는다. 하지만 인간 세계에서 생사는 시작과 끝이 있는 유한한 것이며 일회적이다. 유한성과 일시성은 시공을 뛰어넘는 특징에 폭포라는 사물의 변화를 부여함으로써 안타까운 아쉬움과 외로움을 느끼게 한다. 그래서 시인의 폭포는 하나의 소우주와 같고 자연이 틀어 앉은 형상과 심오한 의미를 천착하여 자신만의 세계를 재창조한다.

시인은 자신의 주변에 둘러싸인 사물들을 시야에 흡수하면서 그 형태를 수용하는 자세가 무척 여유롭고 시의 언어로 발현된 군더더기 없는 간결한 자태를 묘사한다. 그래서 폭포의 아우성은 우리들의 삶에 따른 고통과 외로움을 이 세상에 관심사로 아울러 쏟아내고 있다. 모든 인간의 인생살이에서 시인은 우리를 향해 "부딪쳐 부서지는 통곡을 들었는가."라던가 "오늘도 보내야 하는 외로움을 보았는가."라며 질문을 하고 있다. 이러한 물음의 강렬한 표현은 감성의 전율을 동반한다.

단시조의 간결한 형식과 정서의 긴장감은 물론 시편의 함축이 잘 어우러지는 시인의 작품 인식을 포괄적으로 드러낸 중요한 가락임에 동의하지 않을 수 없다. 내면의 복잡한 감정을 시어로 풀어내면 마음의 상처가 치유된다. 우리들은 정직하고 명쾌한 자연의 섭리를 배우며, 인간사에서 모든 것이 있어 꿈을 키우고 꿈을 이루게 한다.

만월대의 봄

김 흥 열

봄 오는 길목 하나 차단기로 틀어막고
불 먹은 칼바람이 선죽교로 내려서면
다 낡은 왕조의 깃발 짐승처럼 울어댄다.

역사적 피사체에 변주한 심상

시인 자신의 사상과 감성을 진솔하고 명징하게 표현하는 작품은
고상한 인격을 그대로 함의한 반사경이다. 고차원적인 인격자로 인
식하고 언어 조탁의 탁월한 재능에다 지적인 노력과 청순한 시혼을
다 쏟으며 순리에 타협한다면 우리들이 바라는 시인상일 것이다. 삶
의 지혜와 건전한 가치관을 내포하여 운치 있고 격조 높은 기품과
옹골찬 내재율로 감동을 불러일으키는 시인을 대하기가 그리 쉽지
않다.

인용한 〈만월대의 봄〉은 천 년도 찰나처럼 지나간 황성 옛터에
왕업은 간데없이 먹구름만 몰고 온다. 시인은 분단의 아픈 역사에
정녕 봄이(평화) 올 수 있을까 하는 의구심을 지우지 못한 채 지금은
차단기로 틀어 막힌 다 낡은 왕조의 깃발이 짐승처럼 울어댈 것이라

상상한다. 여기에서 "다 낡은 왕조의 깃발"은 고려 말기 왕조를 암유 한다. 힘이 없어 외세에 의하여 좌지우지되고 아전들은 분열되어 민생이 뒷전인 채 고통을 겪는 나라야말로 반드시 패망한다는 역사적 교훈을 암시한다. "불 먹은 칼바람이 선죽교로 내려서면"의 시구에서 내포된 함의가 남북관계와 북한의 실상을 짐작하게 한다. 작품 전편에 맥이 통하는 것은 각 장의 마지막 구를 조합해 보면 어느 정도 실감이 간다. "차단기로 틀어막고 선죽교로 내려서면 짐승처럼 울어댄다."라고 자연스럽게 연결하면서 압축된 상상력이 뛰어나고 표현의 진미를 느끼게 한다.

현실과 역사적 사고가 상충하는 만월대라는 피사체에 조리개를 당김으로써 극도로 변주한 심상이 우러나는 함축미를 느끼게 한다. 시간을 되돌릴 수 있는 특별한 능력이 없는 우리는 역사 속으로 시간 여행을 떠나 현재 고민하는 문제의 답을 찾는다. 세상이 더 빨리 바뀌고 복잡해진 오늘날에 오래되지 않은 일도 옛것으로 치부한다. 가치 있는 고사(古史)는 과거를 사랑하는 거울이다. 단순한 대상에서 포착한 시재를 적절한 언어 조합으로 형상화한 이미지는 자신의 관념을 표출하고 그 비유와 상징성이 현시점에서 주시한 것과 같은 인상으로 부각되고 있다.

항아리

고독한 천 년 울음 묵도로 새기면서

창창한 목소리를 가슴에 품어 안고

명문가 전설을 담아 하늘 향해 서 있구나.

고독한 울음이 천 년의 전설을 품는다.

　시조의 담론에서 사상과 의식 또한 윤리적 개념이 시제〈항아리〉속에 내포되어 있다. 시인의 심적 현상에 전설적인 요소가 다분히 탑재하여 거기에 담긴 상상적 의미는 천년의 시공 상황을 넉넉히 유추하고 있다. 항아리를 빚는 마음은 고독한 천년 울음을 삼키면서 조바심과 묵도로 탄생의 전설을 품는다. 이렇게 혼을 모아 빚은 항아리는 어느 명문가의 숨결과 내력을 담아 전해질 것이다.

　한국적인 서정시에 사사로운 경험에서 파생된 관념을 수법으로 표현하는 사념의 발효이다. 혼신을 다하여 빚어낸 항아리가 천년 울음의 묵도로 탄생한다. 전통과 관습을 중시하는 동양적인 정서를 풍부히 담아내는 이 항아리는 전통가옥의 필수적인 그릇이다. 전봉 민속 옹기인 항아리는 아래위가 좁고 배가 불룩 나온 질그릇으로 여염

집에서 적은 항아리는 고추장류를 담는데 주로 쓰였다. 큰 항아리는 쌀이나 잡곡류를 담아 뒤주 대신으로 사용하였다. 유수한 선비들이 옹기를 빗대어 역설적 진리를 가슴에 품어 안은 목소리로 이야기한다. 비울수록 더욱 채워지고, 무엇인가 채우려면 비워야 하며 채우지 않는 상태에서 아무것도 비울 수 없다는 인간의 도리를 말한다.

〈항아리〉는 명문가에 심혼의 숨결 체로 시인이 감정과 정서를 담아 본래 질그릇의 품격을 고수하면서 함축적인 의미를 소박하게 그렸다. 혼신을 다해 묵도까지 새기면서 빚은 항아리는 청청한 목소리까지 가슴에 품는다. 명문가의 이 항아리는 쓰임새에 비밀을 고스란히 간직한 채 하늘을 향해 서 있다고 했다. 도공들의 묵도가 윤리적인 인생관과 생활철학을 시인이 지향하는 고독한 운명의 선구자로 자아실현의 목표로 삼는다.

노재연 시인은 현재 한국 문인협회, 경기 시조시인협회, 수원 문인협회, 회원으로 문단에 활동하고 있다. 현재 한국시조협회 부이사장으로 정형 시조 보급에 일조하면서 시조집 『달빛 세레나데』를 발간하였다.

팽이

모 상 철

때려다오! 채찍 끝에 나래 펴는 불사조
정수리 얼음판에 거꾸로 처박은 채
정지는 곧 죽음일 뿐 천형 따라 도는 목숨.

가학적인 심리 병증을 함축하다.

인간은 자기 주변을 둘러싼 세계를 온전하게 파악할 수 없고 모든 것을 완벽하게 성취할 수 없다. 가학적인 심리 병증 또한 같은 세계의 범주를 형성한다. 인간의 꿈은 늘 현실과 괴리를 빚으며 돌아간다. 팽이처럼 혹독한 가해자와 피해자의 관계에서 때리고 맞는 것이 희망이고 그 꿈의 현실을 쾌감으로 쫓다가 쓰러지고 넘어진다.

시인은 오늘날 우리 사회가 안고 있는 가학적인 심리 병증을 〈팽이〉를 통해 은유적으로 묘사한다. 팽이는 때려야 돌아가고 채찍으로 맞아야 넘어지지 않고 불사조로 살아난다. 그래서 팽이는 맞아야 죽지 않고 생명을 유지하는 존재이다.

초장에서 "때려다오 채찍 끝에 나래 펴는 불사조"의 표현은 상대를 때려야 하고 상대로부터 맞아야 사는 영생이 바로 팽이의 법칙이다. 오늘날 우리 사회에서 팽이처럼 맞고 사는 사람들이 많이 있다. 맞으면서 돌아가고 쓰러지다 일어나는 인동 초 인생들이 주변에 허다하다. 일제 치하 "조선 사람은 몽둥이가 약이다."라는 말이 참으로 잔인하고, 폭력적으로 야멸차다. 가학적인 심리 병증은 심리적 특이한 현상에 가까운 모습을 쾌감으로 받아들인다. 처참하게 얻어터지는 상황을 지켜보면서 즐거워함은 인간 심리의 자존감이다. 매맞는 고통 뒤에 비로소 생명에 대한 잉태의 가치가 매 순간 핏물로 찌어 영원한 생명력을 읻는다.

중장의 "정수리 얼음판에 거꾸로 처박은 채"는 척박한 환경에 처박은 채로 맞으면서 살아가야 하는 우리 사회의 그늘진 단면을 비유한다. 이러한 비정상적인 심리 현상을 종장에서 "정지는 곧 죽음일 뿐 천형 따라 도는 목숨"이란 표현은 함축적이며 기발하고 능란한 뜻 부림이라 할 수 있다.

시적 은유는 비유할 목적을 숨기면서 표현에 직접적 그 형상을 꺼내어 이면의 상상력을 본질적인 상사성(想思性)을 알게 한다. 형상화란 추상적인 생각들이 방법이나 매체로 우리들의 모든 감각을 통하여 인식하는 뚜렷한 모습으로 나타난다.

낄끼리

믿음은 파도처럼 거품으로 되돌리고
진드기 아주까리 잔칫상 벌렸구나.
소나긴 쏟아지는데 우산 버린 낄 끼리.

패거리 위세의 세태를 풍자하다.

'낄끼리'는 순수한 우리말로 끼리끼리의 준말이다. 본뜻은 여러
사람이 무리를 지어서 제각기 따로 자기들끼리 노는 것을 의미한다.

우리 사회는 유독 지연과 학연을 중시해 왔다. 동향이나 같은 학
교 출신의 동문 선후배를 챙기는 경향이 두드러진다. 사람들은 아
무리 세상이 공평하다고 믿고 싶어도 욕구를 만족시키기 위해서 좋
은 점과 나쁜 점의 상보적(相補的) 신념을 추구한다. 상보적 신념은 끼
리끼리 심리적 패거리의 위세를 제공해 주되 성취하려는 의지를 저
해하는 요인으로 작동한다. 한 음소에 속하면서 변이음이 각기 실현
되는 환경이 정해져 있다. 음성적으로 달리 실현되는 소리를 변이
음 또는 이음이라 하고 실현 환경이 서로 상보적(相補的) 분포를 이룬
다. 하나의 형태소는 음운론적으로 제약되거나 형태론적으로 제약

된 이 형태의 집합으로 규정한다. 하나의 형태소를 구성하는 형태는 그 분포가 음운론적 또는 형태론적으로 상보적(相補的) 분포를 이루게 된다.

　시인은 위의 시조 〈낄끼리〉를 통하여 현 우리 사회의 고질병을 풍자적으로 꼬집는다. 초장에서 자기들 끼리끼리가 아니면 믿을 수 없고 설령 그러한 믿음을 믿는다고 해도 파도에 밀리는 거품쯤으로 생각한다. 중장의 "진드기 아주까리"는 즉 가분 나리(진드기의 방언)가 소 궁둥이에 달라붙어서 피를 빨아 먹고 배가 부르면 흡사 아주까리 모습 같다는 묘사다. 살아 움직이는 모든 생물은 먹으면 배설하게 되어있다. 그런데 이 진드기는 배설하는 장기가 없다. 소피를 한껏 빨아 먹은 다음 자신의 체내에서 새끼를 잉태하고, 때가 되면 스스로 배를 터트려 수많은 새끼를 양산한다.

　종장에서는 "소나긴 쏟아지는데 우산 버린 낄 끼리"라고 아이러니한 종구를 구사하여 시조에 진한 향기의 양념을 뿌려서 감칠맛을 더한다. 진드기처럼 우리 사회 곳곳에 붙어서 저들끼리 상보적(相補的) 잔칫상을 벌린 형국이다. 세상이 끝날 때 소나기가 쏟아지면 기득권인 우산을 팽개치고 저들 끼리끼리 흩어져 버린다. 내면의 치부를 방어하기 위하여 한때나마 화려하고 두꺼운 외피로 포장한 얄궂은 단막극을 보는 것 같다.

양귀비

문 복 선

빛깔의 정령들이 독기 품는 아침나절
지나는 바람결이 혼절하여 쓰러진다
내 가슴 붉은 핏줄도 역류하다 멎을라.

강렬한 메타포의 비유와 은유의 표상

시인의 때 묻지 않은 맑고 깨끗한 시심을 엿보게 하는 말 부림의
표현이 능숙해야 신선한 시적 발상을 불러일으키게 된다. 위의 작품
에서 사물(양귀비)에 대한 관찰 능력과 정서적 형상화에 인식이 보편
적이고 개념적 차원을 넘어서 구체적으로 영원성을 채굴해 내고 있
다. 그리고 감각성이 시공의 상황 속에서 드라마틱하게 구현하여 그
순간을 과감하게 끌어들이고 있다.

시어의 배합에서 시인의 주관적 입장을 강하게 표현하면 배합이
라는 변용의 과정을 통해 생성시킬 의미를 함축할 수가 있다. 위 작
품 〈양귀비〉는 비유와 은유가 물씬 풍기는 작품이다. 시편 내용을
사변의 심미적 인식을 밑바닥에 깔고 양귀비꽃의 강렬한 메타포(원
관념을 숨긴 개념)의 프리즘에 비춘다. 생동하는 감각적 세련성을 능숙

하게 이미지로 절창하고 있다. 배합된 비유와 은유가 시조의 핵심적 생명이며, 행간에 숨어있는 미학적 장치와 감정의 깊은 뜻을 찾는 묘미를 더해준다. 언제나 시편 전체의 연결 고리에 엉키어 공감하고 '양귀비'라는 사물 사이에 이해가 될 만한 동일성과 유사성을 내장하고 있다. 이 작품은 정격을 유지했으며, 강한 공감대를 요구하는 비유와 은유가 잘 배합된 시조이다. '빛깔의 정령들이 혼절하여 바람에 쓰러진다.'라는 시어에서 시인들이 쉽게 범접할 수 없는 은유의 형상화를 취택하고 있음이 특이하다.

종장의 '내 가슴 붉은 핏줄로'의 비유와 은유는 '역류하다 멈출라'의 압축성과 긴장감을 최대한 높여서 시조의 참맛을 끌어냈다. 강렬한 메타포의 은유와 비유의 표상은 내면의 깊이와 사유의 언어를 빚는 서정적 양식으로서 괘를 같이하는 사실적 가치론을 제시한다. 한마디로 관찰력과 생활언어의 연마로 시각화해 낸다.

문복선 시인은 충남 서천 출생으로, 노산, 월하, 시조 협회, 포은 시조 문학상 등을 수상하였다. EBS 문학 '명사의 시간' 집필 위원도 역임했다. 현재 한국시조협회 부이사장과 시조문학 문우회 회장으로 문단 활동을 활발히 하고 있다. 최근에 문복선 시조집 『세미원』을 출간하였다.

인고(忍苦)

박 선 희

삼복의 빗소리에 가슴을 쓸어내니
매미의 아픈 사연 눈물로 승화되고
인고의 세월 앞에서 참회(懺悔) 날개 접는다.

탈피의 고통은 해탈과 축복의 결실이다.

다층화(多層化)로 격앙된 언중유골(言中有骨)은 조율이 능동적인 의욕과 시 정신에서 오는 그러한 분별력의 파장(波長)이다. 하늘 중간에 먹구름이 몰려오면서 긴 장마철로 수난을 당해도 천재지변에 아연실색(啞然失色)할 수밖에 없다. 하늘의 날벼락에 전답과 가옥이 휩쓴 자리에 상흔은 서슬의 차가운 고절(孤節)을 남긴다.

위의 시조 〈인고(忍苦)〉는 풍부한 상상력과 언어 놀림의 기법이 예사롭지 않다. 작품 한편이 풍기는 내면적 호소력은 인생을 고뇌로 빠트리게 한다. 이러한 고뇌의 깊이가 조화로운 해탈을 염원하는 처절한 몸부림으로 다가온다. 괴로움을 참고 견디는 것은 살과 뼈를 깎는 아픔이다. 인고의 세월 앞에서 단 한 번의 역사를 위하여 가슴을 쓸어내리는 아픈 사연을 눈물로 승화한다. 자신의 역사를 창조한 뒤에 아무런 미련 없이 참회의 날개를 접는다. 이것이 자연의 섭리요 거역할 수 없는 순응이다. 우리가 세상을 살아가다 보면 노력한 만큼 좋은 결과를 얻지 못할 때 낙심하는 사람들을 가끔 보게 된다. 그러나 잔에 술을 따르면서 넘치게 하는 것은 언제나 마지막 한 방울을 위한 끈기의 유무에 명암이 엇갈린다. 마지막 한 방울에 대한 끈기의 갈증을 해소해준 인고의 인생은 매미의 일생과 닮은꼴이다. 일곱 번을 탈피하면서 땅속의 숱한 세월의 처절한 몸부림으로 타들어 가는 목마름을 견딘다. 단 한 번의 사랑을 위해 저렇게 처절히 울부짖음은 새 생명을 잉태하려는 성스러운 축복의 결실이다.

중장 첫 소절 "매미의 아픈 사연"은 매미의 일생을 비유한다. 매미는 태생적으로 매우 특이한 점이 있다. 유충에서 성충이 될 때까지 땅속에 보통 종류에 따라 3~7년 정도 산다. 성충이 되기 위하여 지상에 나온 즉시 나무에 매달려 마지막 허울을 벗은 다음 약 1개월 정도 지나 산란한다. 부화한 유충은 땅속에서 공도를 파고 수목 뿌리의 즙을 빨아 먹으며 생활한다. 유충에서 숱한 세월을 넘긴 뒤 탈피의 인고를 벗고 마지막 참회로 날개 접어 생을 마감하는 매미는 짧은 숙명적 삶이다.

시골마당

박 순 영

긴 그림자 드리운 산골 마을 작은 집
한나절 이울도록 지팡이만 기대 졸고
기다린 발이 저린다. 고독이 주춤댄다.

추억이 흐느적거린 포자 한 알 떨구다

산골 마을 오두막집으로 가는 길은 참으로 외롭고 허허한 발길이다. 노염(老炎)에 지친 듯 적막한 산허리를 몇 차례 돌다가 고만고만한 집들이 붙은 마을을 만난다. 산골 마당을 서성이는 타래 진 마디마다 사리를 물고 포자 하나 떨굴 것 같은 고독이 시골 마당에 조용히 깔린다. 한가하고 쓸쓸함을 산골 마을 마당 위에 널어놓았으니 외로움인들 분주하겠는가? 사람의 마음 한 자락을 지팡이에 걸어놓고 한나절이 지나도록 뜨락에서 기다림이 저리고 결린다. 헤진 풀잎 사이로 가는 길을 아는 것처럼 지렁이도 기어간다.

외로움이 지질 리는 산골마당에 속념(俗念)을 남겨둔 발걸음이 너무나 무겁다. 진흙 군내 흠뻑 밴 쓸쓸한 초가지붕 하며 아스라이 짠한 젖내 같은 향수에 발길이 멎는다. 석양에 품은 비스듬한 햇빛은

금이 간 황토벽 처마 끝에 빗기니 거미줄이 음흉하다. 하루살이 벌나방들 목숨을 노린 자연에 먹이사슬의 섭리인가. 노인이 짚던 지팡이는 외롭고 고독한 발이 되어 기둥에 기대어 졸고 있다. 참으로 한적한 시골 마당이다. 초가집 돌담 위로 스치는 바람도 만난다. 한적한 침묵이 깔린 시골마당은 허기를 채운 빈 지게가 한가하게 서 있다. 가난에 취한 하루가 질긴 햇살 아래 허물만 누인 마당은 켜켜이 쌓인 삶까지 널려있다. 산골 마을은 삶의 끄트머리에 눌어붙어 농익은 시간을 한가롭게 보낸다. 섬세하고 다정한 서정적 얼룩은 작은 집 산골마당이 매개된 그때 그 기억의 한때를 현실에 끌어들여 아련하게 회상을 한다. 산골마당을 지난 현실의 초라함과 그때의 기억이 강하게 오버랩 되면서 은은한 인상을 남긴다. 인생이 닳아 없어질 때까지 초월한 삶도 비천한 모습에 싸늘한 한기가 바람을 타고 산골마당을 쓱 스쳐 지난다.

시골집은 소박하다 못해 초라하지만, 체취가 아련히 묻어 든다. 오늘날 산골 마당에 들어서면 바닥과 꼬불꼬불한 골목길에도 시멘트를 발랐다. 지난날 가난하고 힘겨운 운명을 온몸으로 파동을 느끼며 저무는 햇빛과 함께 눈에 걸린다. 시골 마당이 가슴에 와닿아 노을도 이맘때쯤 사방으로 퍼지면서 고독이 덩달아 몰려든다.

요지경

박 영 록

양 머리 걸어놓고 개고기 파는 세상
목석도 아니면서 깎아내고 덧칠하고
배꼽의 방울을 보고 삽살개가 웃는다.

악이 선을 구축하는 세태를 풍자한다.

우리 사회가 핵가족화하면서 자기중심적 이기주의가 팽배한 세상이다. 자신의 이익만을 추구하여 온갖 술수와 방법을 가리지 않고 남을 기만하는 사례가 허다하다. 기발하고 특별한 재주로 그것이 참(善)인 양 우쭐대는 부류가 판을 친다. '요지경'은 사회의 모든 분야에 걸쳐 자행되어 비정상적인 일그러진 사회상을 꼬집는다. 정의의 탈을 쓰고 진실을 왜곡한 권모술수로 온갖 비리가 자행되는 현실을 빗댄다. 거짓이 판을 치는 사회상에 초점을 맞추어 겉과 속이 다른 작금의 세태를 풍자한다. 이 시조를 읽으면 양 머리를 걸어놓고 개고기로 판매하는, 즉 겉보기에는 좋은 품질인 양 나쁜 상품을 파는 양두구육(羊頭狗肉)이란 고사성어가 떠오른다. 화자는 그릇된 현실을 빗대어 은유로 역설의 진수를 살리고 있다. 세상의 혐오감을 통해

변신하고 숙성하려는 의지는 넘을 수 없는 이상과 고립된 현실 사이에서 빚어지는 내면의 갈등 때문에 사회의 반항적인 태도나 자기의 공격성을 보인다. 사회적 혐오감을 통해서 새로운 인간상을 변신하지 못한 악이 선을 구축하는 세태를 풍자한다. "배꼽의 방울을 보고 삽살개가 웃는다."라는 풍자의 이 시조는 시사성을 띤 사회 고발성을 은밀히 내포하고 있다. 어느 계층이나 특정 분야를 지칭하지 않았으나 비정상적 문제의식과 모순을 상징적으로 비유하여 읽는 이에게 이해와 판단을 유추하도록 주문하고 있다. 초장은 반어적 수사 기법으로 "양 머리"나 "개고기" 등의 언어를 적절하게 활용함으로써 얄팍한 거짓 상술을 비웃는다.

중장에서 모든 사람이 어리석지도 않은데 요리조리 깎아내리며 덧칠을 해서 속이고 있음을 짐작하도록 장치를 해 놓았다. 보기 좋게 모순된 점을 암시하여 해석할 수 있는 여지의 시구 의미가 전달에 효과를 높이는 동시 읽는 이로 하여금 공감하게 한다. 사회적 갈등 구조를 고발하되 화해 의지로 감싼 작품의 관류가 이 시조에 대한 생명의 호소력이다.

꾀꼬리 무도회

박 용 수

연둣빛 숲속에서 춤추는 금 꾀꼬리
엊그제 날아들어 숲속에서 둥지 틀고
청아한 금 목소리로 노래하며 춤춘다.

청각을 가로채는 숲속의 연주자

여름철 숲속은 산새들의 풍성한 음악 공연장이다. 날짐승 중 꾀꼬리 하면 먼저 떠오르는 것은 아름다운 지저귐이 단연 으뜸으로 꼽히기 때문이다. 사람들은 노래를 간드러지게 잘 부르거나 고운 음성을 가진 사람을 가리켜 "꾀꼬리 소리 같다."라고 한다. 붉은색 부리와 노란 몸 색이 선명하고 산뜻한 꾀꼬리는 철새다. 겨울철 남중국과 인도차이나 등지에서 지내다가 봄과 여름 한반도에 서식하면서 번식을 한다. 이새는 황조, 항리, 애항, 창경, 황병로, 박소, 초작, 황포, 이황 등 다양한 이칭(異稱)을 가진 단 한 종의 여름새로 우리나라에 도래한다. 애벌레와 뽕나무 오디 등을 새끼에게 먹인 어미가 새끼의 배설물로 주린 배를 채우는 그 모성이 유난하다.

최근 들어 환경 변화와 오염 탓으로 꾀꼬리 보기가 쉽지 않다. 그런데 시인은 엊그제 숲속에 날아들어 춤추는 금 꾀꼬리 둥지를 틀고 있는 회귀한 모습을 용케도 보고 있다. 사람들에게 보기 드문 꾀꼬리를 꿈속에서 보았어도 일생에 한 번 꿀까 말까 하는 꿈으로 중대한 의미를 지닌다.

신화적이거나 영적인 내용에서 좋은 일이 생길 징조로 나타나는 경우가 있다는 영몽(靈夢)이다. "못 찾겠다. 꾀꼬리 잃어버린 꿈을 찾아 헤매는 술래다."라는 노랫말은 바쁜 일상에 휘둘려 자신이 술래인지도 모르고 살아간다. 한편 즐기고 춤추며 노래하는 시가의 소재로 등장한 한국사기에 자웅의 두터운 정을 그리는 황조가도 전해진다. 또한 고구려 2대 유리왕이 지었다는 황조가에 나타난 속사정을 떠올리게 한다. 유리왕의 눈앞에 꾀꼬리 암수가 다정히 노니는 모습과 자신에 외로운 처지의 심정을 대비하여 부른 노래로 전래하고 있다. 유리왕의 눈앞에 꾀꼬리들이 나타나 헤어진 연인의 생각에 뼈저리도록 고독에 빠지게 한 핵심은 듣기 좋은 꾀꼬리의 노래도 상황에 따라 기쁨과 슬픔이 교차한다. 창조적 주체로 자아에 대한 긍지와 그에 대한 충만한 경험 들이다. 현대인들은 직업이나 신분 고하를 막론하고 스스로 엘도라도(EL Dorado)를 찾아 헤매는 술래이다. 청아한 목소리로 청각을 가로챈 숲속 감성의 연주자가 꾀꼬리임에 틀림이 없다.

누에

박 찬 구

고향 집 감나무에 노을 한쪽 걸릴 때면
석 잠잔 하얀 누에 뽕잎 먹는 그 소리가
오늘도 귀 울음 되어 설핏하게 흘러라.

천충(天蟲)이 뽕잎 먹는 소리의 향수

'누에'는 인간에게 하나도 벌릴 게 없는 귀중한 하늘이 내린 곤충이다. 그래서 이 곤충을 잠(蠶), 천충(天蟲), 마두랑(馬頭娘), 그리고 번데기를 용(蛹), 고치를 견(繭), 이라 한다. 누에의 똥인 잠사(蠶砂)는 약용에도 쓰인다. 이렇듯 누에의 특성은 성장 과정에서 네 번 잠을 자며 잠을 잘 때마다 허물을 벗는다. 알에서 갓 깨어난 유충을 묘(蚺), 아직 검은 털을 벋지 못하면 의자(蟻子), 세 번째 잠자면 삼유(三幼)로 네 번째 잠을 잠로(蠶老), 늙은 것을 홍잠(紅蠶), 번데기를 용(蛹), 성체를 아(蛾), 고치를 견(繭)으로 불린다. 누에똥인 잠사(蠶砂)는 약용에도 쓰인다. 마지막 잠자기 전에 누에들이 뽕잎을 갉아 먹는 소리가 소나기 내리는 소리와 흡사하다. 천충(天蟲)이 뽕잎 먹는 소리의 향수는 이제 먼 옛날 이야기처럼 들린다. 누에가 4령의 잠을 잔 뒤 5령부터는 뽕

먹기를 멈추고 고치를 짓는다. 누에 기르기가 한창일 때 끓는 물에 고치를 담그고 물레로 실을 뽑아내던 할머니나 어머니 옆에 앉아 고소한 번데기를 주워 먹던 그 날의 추억을 아련하게 소환한다.

우리나라가 개발도상시절 한때에 잠업은 농가의 부업으로 소득을 올리는 것은 물론 옷감 생산의 단계를 넘어 외화 획득의 주요 산업으로 육성발전 시켜 소득 증대와 국가 경제 발전에 기여 했었다.

위에 인용한 시조를 읽다 보면 아득한 유년 고향의 향수를 느끼게 한다. 시인은 고향 집 감나무 사이로 지는 노을 한 폭을 바라본다. 때마침 세 삼잔 누에들의 뽕잎 먹는 요란한 소리에 귀를 쫑긋 세운다. 벌써 산속은 해가 뉘엿뉘엿 지면서 설핏한 하늘 저편으로 사그라지는 그때의 아름답던 노을이 주마등처럼 스쳐 지나간다. 고향의 노을을 유화시킨 어울림의 힘은 그늘에 빛을 들게 하고 울혈(鬱血)을 뚫는 시인만의 감성 언어를 채워 넣을 수 있는 공간을 확보한다.

시인은 자신의 기억 속에서 엄연한 실체를 누에로부터 느낀다. 시인은 언어 유회로 투명성과 중층 성에 역동적 결합을 유도한 사물의 흔적을 통해 형상화와 은유로 향토색의 곡예마당을 펼친다. 시조의 영역은 일상에서 조제가 채집되어서 자아의 체험과 상상력이 바탕이 된다.

팽이치기

박 필 상

회초리 들었다고 학대라 하지 말게
비틀비틀 쓰러질 때 일으켜 세워주며
정신 줄 놓지 말라고 종아리를 쳤다네.

돌고 도는 인생살이 격려의 칠전팔기.

'팽이치기'는 주로 겨울철에 어린이들이 얼음판 위에 원뿔 모양
으로 나무를 깎아 만든 팽이를 채로 쳐서 돌리며 즐기는 놀이이다.
팽이는 대속나무와 박달나무 등 무겁고 단단한 나무나 소나무의 관
솔 부분을 깎아서 만든 것이 제격이다. 깎아서 만든 팽이는 무엇보
다 균형이 잘 잡혀야 머리를 흔들지 않고 한자리에 박힌 듯이 오랫
동안 서서 돌아간다. 팽이의 속성은 두들겨 맞아야 생명을 유지하며
채찍으로 치지 않으면 돌아가지 않고 곧 쓰러져 버린다. 곧 죽음이
다. 상대를 때려야 하고 상대로부터 맞아야 사는 여생이 바로 팽이
치기의 생명력이다. 팽이처럼 가혹한 가해자와 피해자의 관계에서
때리고 맞는 것이 희망이고 그 꿈의 현실을 쾌감으로 쫓아가다가 쓰
러지고 넘어진다.

기원전 12세기 중국인들이 채찍을 쳐서 돌아갈 수 있는 팽이를 만들었고, 고대 로마에서는 동물의 뼈나 구운 점토를 이용하여 팽이를 만들었다는 설이 있다. 그리스의 시인 호머(Homer)가 그의 작품을 통하여 일리아드의 트로이가 몰락하는 것을 "마지막 회전에 가까워서 비틀거리는 팽이처럼 휘청거렸다."라고 비유적으로 쓴 것이 문학작품 속에 최초로 등장한 팽이 이야기다.

시인은 역설로 두들겨 패야 사는 데 학대라 하지 말란다. 이러한 역설은 시적 이미지를 한층 고조시키는 생동감을 끌어들인 활유법이다. 곧 이어진 행간에서 쓰러질 때 일으켜 세워주는 채찍이어야 한다는 점을 은근히 은유함으로써 시적 미감에 증대를 노린다.

마지막 종장에서 "정신 줄 놓지 말라고 종아리를 쳤다네."로 마무리한 것은 현실에 대한 주제 의식의 마감 효과이다. 인간이 살아가면서 역경과 고난으로 힘들어할 때 따뜻한 격려와 추상같은 충고가 있으면 일어서는 계기가 된다. 비틀거리며 쏠리는 순간 정신을 놓지 말라고 회초리를 들어 다시 일으켜 세우는 데 인생 역정의 큰 힘이 된다. 인간은 팽이처럼 돌아가는 삶에 고난과 역경으로 쓰러지려 할 때 정신을 놓지 말라는 종아리의 채찍질은 재기를 부추기는 격려의 회초리다.

무아경

박 희 옥

혼자서 길들여 진 평온한 낙원이다

나래 편 고운 사유(思惟) 춤사위 펼쳐가도

요, 작은 한 평 공간은 우주보다 더 넓다.

우주보다 더 넓은 무아경의 사유 공간

'무아경'은 마음이 어느 한 곳으로 전부 쏠리어 자신의 존재를 잊어버린 경지에서 자신의 관념을 가지지 않고 생각하지도 못한다. 억제되지 않은 과시 의욕과 감정적으로 고조된 주체가 없다. 자신의 관념적 성향에 정반대되는 형상이 무아경이다. 모든 존재는 영원불변의 고정적 실체가 아니어서 다 무상하다. 순간은 결과를 잊고 시간이라는 존재가 없어진 상태에서 극도로 자신의 몰입에 빠졌을 때 그때 기분이 다 끝나고 나면 허탈하기 그지없다. 육체를 반복해서 사용하면 몰입에 쉽게 들어갈 수 있고 무아경의 몰입을 반복하는 과정에서 달인의 경지에 도달할 수 있는 사례가 허다하다. 자연의 아름다움 속에서 보고 듣고 느끼며 무아경에 빠지게 될 때가 있다.

시인의 〈무아경〉에서 습관화되면 평온한 지상 낙원이라는 인식이다. 삶은 외적인 영향에 의하거나 내적인 환경에 의해서건 끊임없이 변이한다. 자존심을 키울 때 마음의 진정한 주인은 자신이 되는 것이다. 인간의 노력이 얼마나 허무한 짓이며, 그 일생은 자연보다 얼마나 짧은가. 자연의 산물이 인간의 산물보다 훨씬 진정한 성질을 갖는다. 자연의 산물은 가장 복잡한 생활 조건에 잘 적응하고 있다. 자연 선택은 시공에 따라 온상에서 아무리 사소한 것이라도 모든 변동을 세밀히 검증한다. 한순간이 다르게 변해가는 현대사회에서 순간순간 자신을 만나고 또 다른 자신을 잃어버린다. 감성은 생각을 태동시키고 잉태한 생각은 지성을 끌어낸다. 숨은 부재와 실종된 사유를 찾아서 생성하는 서정성이 도출되는 활성화다. 평온한 낙원이 스스로 길들 때 한 평 공간이 우주에 광활한 공간보다 더 넓은 사유의 영역을 확보한다. 이때 시인은 사유의 나래로 춤사위의 무아경을 펼친다.

"작은 한 평 공간은 우주보다 더 넓다."라는 시인의 언술에 우주보다 더 넓은 사유 공간이 무아경으로 환치시키기도 한다. 자연과 더불어 자연에 기대어 살며 갖은 고난의 세월도 자연 속에 깊이 담가 삭혀서 그 신비를 조금씩 꺼내어 춤사위를 펼치고 오묘한 세상에 무아경으로 점지한 영겁을 맞는다.

까치집

백 민

까치집은 확성기 나무 위에 달아놓고
물고 온 새 소식 동네방네 방송한다
햇살이 바람 안고 내려와 귀 쫑긋 엿듣는다.

구멍 뚫린 허술한 집에 사랑이 넘친다.

설계 도면도 없이 동구 밖 오랜 마을 수호 수의 가지에 얼기설기 얽어매어 집을 짓는다. 까치는 잡식성 텃새로 열대와 아열대를 제외한 북반부 전역에 걸쳐 무리 지어 생활한다. 사람을 가까이하며 행동의 모방까지 하는 매우 영리하고 지능이 높은 텃새다.

인간의 입장에서 볼 때 주변의 나뭇가지를 물어다가 이리저리 얽어서 만든 까치집은 참으로 남루하기 짝이 없다. 구멍이 듬성듬성 뚫려 찬바람이 사정없이 스며들 것이다. 그러나 까치의 입장에서는 따뜻한 원앙금침의 보금자리다. 덩그러니 허공의 나뭇가지 사이를 영역으로 집을 짓고 새끼를 키우는 그들만의 화려한 궁전이다. 궂은 날씨에 비바람이 몰아치고 나뭇가지는 사정없이 흔들려 까치 부부가 드나들 때마다 까치집이 떨어질까 아슬아슬하게 마음을 졸이게 한다. 소박한 둥지에서 부모와 정을 나누며 새끼들이 훌쩍 자란 뒤 둥지를 떠난 집은 볼품없게 안쓰러운 폐가로 변한다.

시조 〈까치집〉은 독자들에게 유년 시절 국어 교과서에 나왔던 동시를 읽는 듯한 느낌을 준다. 파란 색깔을 지니고 동심의 꿈을 꾸는 순수한 속삭임 같다. 우리 조상들은 마당 끝 감나무에 앉은 아침의 까치 소리는 반가운 손님이 온다거나 좋은 소식을 전하는 길조로 여겨왔다.

초장에서 까치집을 확성기로 비유하고 둥지 안에 새끼도 바깥세상의 소식을 듣고 싶어 한다. 이 시조를 읽어가다 보면 흡사 독자들은 초등학생의 세계로 뒤돌아가 시인이 선생님 같은 생각을 들게 한다. '까치 집'에는 어린 시절 까치 새끼와 함께 살면서 자란다. 까치 집은 햇살과 바람을 안고 내려온 햇빛이 새끼와 함께 귀를 쫑긋대며 세상사를 엿듣는다. 우리의 어린 시절을 가감 없이 생동감 있게 그려내고 있다. 아기자기한 동시와 근접한 해맑고 속살거리는 이야기가 이 시조의 종장을 멋있게 처리한 매력덩어리다.

요즘

서 길 석

풀꽃반지 하나 끼고 세상 다 얻던 시절
굶어도 배부르던 그 동심에 기미가 끼는데
이 주책, 버려도 좋을 나잇살만 포갭니다.

지나간 기억과 추억을 먹고 살다.

더없이 너덜너덜한 세상에서 밤마다 그렁하니 눈을 뜨고 천진난만하게 풀꽃 반지를 끼면서 소급장난 하던 그 시절이 가끔 그리움을 젖게 한다. 어린이의 마음속 깊은 곳, 맑은 성정(性情)들이 고여 있는 옹달샘은 언제나 마르지 않고 있다는 믿음을 버리지 못할 때가 있다. 우리 인간이 정신세계를 부정하지 않는다면 옛 성인들의 경구를 경시할 수 없다. 굶어도 배가 부르던 그 시절을 돌이켜보면서 요즘, 이 나이에 피식 웃음을 자아낸다. 감성을 흡인하는 또 다른 미혹(迷惑)의 동심을 화두에 두면 요즈음의 다채로운 현실에 형형한 이야기로 소통의 영역을 확장하게 한다. 꽃반지 만들어 낄 때, 이 세상을 다 얻은 것 같은 어린 시절 아무것도 보잘것없던 동심의 순수함이 자꾸 눈에 밟힌다.

화자는 요즘 들어 "동심에 기미가 낀다."라고 했다. 동심에 기미가 낀다는 것은 순수한 감정이 희석된다는 의미이다. 이 동심의 기미는 많은 사연을 함축한다. 이 함축 속에는 또 여린 그 시절 나앉은 풀빛 멍울이 손가락에 물이 드는 풀꽃반지까지 포함한다. 유년 시절의 기억과 요즘 성숙하게 늙어버린 생각이 서로 포개진다. 허망하고 쏜살같은 수유 앞에서 잊힐 듯이 하다가 되살아나는 다채로운 화자의 생동감이 '요즘'을 누빈다. 그런데 과연 "동심의 기미가 끼는" 것이 화자의 인식 주책으로 대변할 수 있는 가다. 아름다운 어린 시절의 추억을 버리지 못한 것이 주책은 아니다. 나잇살이 아무리 포개지고 이끼가 끼고 기미가 끼어도 못내 잊는 것이 추억이다. 인간은 추억과 기억을 먹고 사는 존재이다. 어린 시절의 기억은 아련함으로 시작하고 생각만 벙긋해도 가슴이 뭉클한다. 누구나 유년 시절의 기억은 그리울 수밖에 없고 그 무엇인가 꼭 집어 설명할 수 없는 것들로 가득하다. 요즘이 과거를 심판하면 내일을 잃는다.

위의 작품은 어려운 말 하나 쓰지 않고 가슴 깊은 곳을 찌르며 언어의 경지에 오른 시조의 깔끔한 맛을 보인다. 굶어도 배가 부르던 동심에 기미가 끼는 나잇살이 원망스럽다. 아주 부드러운 시어가 단시조의 백미를 아우르며 꾸밈없는 동심의 세계로 나들이를 할 수 있겠다.

면학(勉學)

배움이 즐겁기에 늦다 않고 시작했다.

시작(詩作)이 버거워도 만남이 반가워라

오늘도 글 밭 찾아서 나갈 채비 바쁘다.

학문의 배움은 시공과 노소를 초월한다.

'면학'은 학문이나 학업에 힘씀을 이르는 말이다. 학문의 전당과 진리를 탐구하는 고등 교육기관을 상아탑이라 한다. 면학 분위기를 조성하기 위해 수단과 방법을 가리지 않고 분야별 학원이나 도서관을 찾는다. 즐거운 배움을 위하여 늦은 나이에도 시(詩) 쓰기를 배우러 간다. 한 편의 시(詩)를 탄생시키기 위하여 시인은 엄청난 필생의 고투를 느낀다. 시인은 시(詩) 쓰기를 통하여 다른 세상을 만나는 것이 시작(詩作)이다. 언제나 새로운 사물의 사색에 빠지고 이러한 고통으로 인하여 자신을 성장시킨다.

위의 시조 〈면학(勉學)〉은 양식의 틀을 깨지 않으면서 다양한 방식으로 아주 쉽고 편안하게 시조를 읊고 있다. 연과 행을 배치하는 방식에 따라 시조의 내용이 점차 변조를 일으킨다. 시인은 분명히 자신의 눈에 비친 시어로 표현하고 사물을 보는 시적 과정을 잘 형상화하여 소화한다. 또한 작품 〈면학〉은 시공간과 나이에 맞섬으로써 또 다른 상상의 세계를 만나게 한다. 이러한 상상의 세계는 사물의 속살을 보게 되며 미묘한 출입구도 발견하게 된다.

시인은 오늘도 정신에 덧살과 옹이가 박힐 정도로 면학에 여념이 없다. 인간은 평생을 두고도 배움에 모자람이 없다고 했다. 면학은 아직 알지 못하고 터득하지 못한 세상을 알게 하며 터득하고, 언제나 새로운 사물과 만나서 공부를 하는 것이다. 그래서 면학은 아름다운 삶을 꽃피우게 하며 인간 중심의 미래와 이상적인 인생에 지표가 된다. 고령에도 배움이 즐거워서 시작한 면학이 버거워도 시작(詩作)의 만남이 반갑다. 오늘도 내일도 젊은이들 못지않게 배움이 즐거워서 노구를 이끌고 배움터로 나가기 바쁘다.

세상은 면학에 기대어 조금이라도 즐거운 삶을 만들면서 행복해지기 위한 수단으로 작용한다. 면학은 참기 어려운 인내를 요구하지만 자기 관리의 인내로 자아실현의 포부가 실현될 때 즐거움을 동반한다. 자신이 알아야 뻗칠 수 있고 극복할 줄 알아야 솟을 수 있으며, 묻힐 줄 알아야 굳힐 수가 있다. 다양한 탐구 정신은 다변화되어 가는 시대의 의식과 조우에서 공감의 자성으로 면학은 형이상학의 해법을 찾아낸다.

달

성 동 제

산꼬대 스산한데 우듬지 달이 걸려

취객이 바라보니 구름이 세수 시켜

허릿매 고운 달 토끼 풍년 방아 힘지다.

우리말 놀림에 심취한 언어 술사

성동제 시인은 경희대 문리대 국문학을 전공하고 1958년《샛별》
및《문학예술》등의 월간지로 등단하여 한국 문인협회, 문화예술 작
가협회원으로 문단 생활을 시작했다. 『마중물 붓는 마음』의 첫 시집
발간 이후 최근 『하늘에서 땅에서』 외 16권의 저서를 출간한 중견
작가다. 이 압축된 43자의 자수율에 아름다운 순수한 우리말을 "산
꼬대, 우듬지, 허릿매. 달 토끼, 힘지다." 등 5개나 얼룩무늬처럼 박
아놓았다.

시인은 우리말의 놀림을 한껏 즐기고 있다. 순수한 우리말 시어
는 일반적 언술과는 다르게 창작으로 간주하며 창작은 지금까지 없
었던 사안들을 새롭게 제조한다는 의미이다. 토속어가 언어 전달의
한 형식으로 시적 사물에 내재한 핵심적 통칭으로 민족사적 방언도

있을 것이다. 우리의 정서에 살갑게 느껴지는 이러한 주관적 태도를 시적 어조로 포함되는 한 시인으로써 시도할만하다. 깊은 밤 영마루는 스산하고 나뭇가지 꼭대기에는 바람이 스친다. 맑은 하늘에 취해 버린 화자의 관심은 둥글게 떠 있는 달이다. 아름다운 달 토기의 추상적 관념을 미화하는 상징적 표현이다. 그 '달' 속에는 계수나무가 있고, 토끼가 풍년 방아를 찧고 있다는 전설에 밀착되어 있다.

이러한 상상의 날개를 자신의 시 세계에 활짝 펴서 유영하고 있는 시상을 예사롭다고 할 수 있겠는가. 우주를 품는 야전상의 기본을 간접 체험할 수 있는 한 편의 시조로 매김을 하는데 충분하다. 달빛은 인간의 움직임과 소리도 모두 거부를 하지만 순수한 고요만은 수용한다. 달은 거짓과 사악함, 그리고 혼탁함을 배제한다. 청명함의 한가운데 불쑥 내밀고 있는 둥근달의 신비는 고요 속에 대비 효과와 더불어 정중동의 감성을 느끼게 한다. 아름다움과 진실만이 수용하여 티 없는 맑은 하늘은 깨끗하고 진실한 자와 만날 수 있는 정토의 청천이다. 은유와 상징까지 구명해볼 때 정신적 본질의 형상에 순수한 우리 말 놀림과 관심으로 집중되고 있다.

현수교

송 귀 영

황새가 날개 펴고 착지한 모양새라

아찔한 후들거림 출렁대는 보행 다리

담력이 약한 사람도 장단타고 건너본다.

호반 사이로 보석의 광휘를 연출하다.

'현수교'는 새하얀 황새가 날개를 쭉 펴고 물 위에 착지하는 형상을 조형으로 축조한 예당호의 출렁다리다. 이 다리를 건널 때 아찔하여 아랫도리가 후들거린다. 담력이 약한 사람도 흔들거리는 다리를 건너가다 보면 찰나의 쾌감을 느끼게 한다. 오직 도보로만 건너다닐 수 있는 이 보행 다리는 국내에서 가장 긴 길이 402m 높이 64m의 출렁다리다.

예당호의 아침에 피어오르는 물안개를 감상하는 것은 즐거운 사치다. 계절 따라 햇살을 온몸에 스미게 하는 해넘이 이후의 출렁다리는 누구나 감탄을 자아내게 한다. 흔들리는 다리에 맞추어 춤을 추듯 양 발끝으로 리듬을 타면 모든 사물에 깊이 젖어 드는 느낌이 든다.

관광객들이 푸른 호반 사이로 보석의 광휘를 만끽하는 동안 순간의 행복을 느낀다. 궁핍한 일상의 삶이 식어서 차가움을 느낄 때 예당호의 출렁다리에 그네를 타며 심신을 치유한다. 숨을 한참 동안 멈추었다가 확 들이쉬고 흔들리는 다리에 맞추어 양발 끝으로 장단을 맞춰본다. 완벽한 주위 환경에 눈을 집중하고 아름다움이 전개되는 석양을 바라본다. 강렬하다 못해 아찔한 불빛이 뿜어져 나오는 에너지가 붉은 태양보다 더 강렬하다.

이렇듯 궁핍한 일상에서 주변 환경과 어우러진 예당호의 아름다운 원경에 존재를 확인한다. 호수의 초저녁은 궁전 파티장처럼 부푼 꿈이 넘실거리는 파노라마다. 초록빛 그림자가 수면 위에서 춤을 추고 새하얀 황새가 날개를 펴며 방금 착지한 모양새야말로 예당호의 밤은 낮보다 더 휘황찬란하다. 불빛이 번져가는 수변 위의 광휘는 이글거리는 태양이다. 네온사인 그린 빛이 물결 위에 서광으로 출렁 다리의 밤은 환상에 깊어간다. 물 한 모금 목청에 가두고 천방지축 널뛰듯 하는 음표의 의도적이고 특이한 외연을 확장한다.

하늘이 까무스름한 푸른 색깔로 물드는 순간 무지갯빛 조명이 다리를 수놓는다. 기술의 공전을 일으킨 장력은 어디에도 견줄 수 없는 매력덩어리다. 부챗살처럼 펼쳐놓은 기력은 지축이 흔들리는 오르가슴(Orgasme)을 맛본다.

덕담

신 강 우

바람의 얇은 입술 장미꽃을 피운다
가면에 가린 속셈 천의 빛 쏟아낸다
절벽에 안개를 풀어 어릿광대 춤춘다.

특별한 시공간에서 들려주는 경책(警策)의 죽비

'덕담'은 자기 생각과 경험에 언어를 얹어 상대방이 잘되기를 기원하는 당부의 말이다. 대체로 덕담은 짧아도 전달력이 강하게 공감을 불러일으켜야 한다. 감정에 편승하여 다채로운 일상생활로 끌어내어 세상살이의 이치와 도리를 생각하게 한다. 심오한 역동성에 천착하여 스스로 사유케 하며, 곱씹어서 되새기게 하는, 진정한 자신을 만나도록 훈육으로 유도하고 한다. 덕담은 윗사람이 특별한 시공간에서 아랫사람에게 생명의 맥박 소리를 들려주는 소금 같은 말씀이다.

시인은 절제된 목소리에 세상사를 덕담으로 아울러 낸다. 아무리 가볍고 얇은 입으로 당부의 말을 한다 해도 그 말은 장미꽃 빛처럼 강렬하다는 점을 인식 시킨다. 아랫사람들의 일상을 위무하면서 다

독거려 주는 존재의 유한성을 받아들이게 하는 채찍질이다. 오랜 세월이 흘러가도 덕담은 튼튼한 심장의 소리이며 위로의 나눔이다. 덕담은 삶에 희소성이 주어지는 시간을 값지게 하지만 때로는 얄팍한 안개처럼 우롱이 되어 얇은 입술 같은 장미꽃을 피우기도 한다.

시인은 중장에서 "가면에 가린 속셈 천의 빛을 쏟아낸다."며 덕담이 아무리 가벼운 말이라 하더라도 그 말속에는 엄혹한 천의 빛을 쏟아내고 있어 그저 흘려 넘기지 말라는 메시지를 담고 있다. 시인의 감정은 이미 가면에 가린 속셈으로 이입되어 삼켜 버렸다. 마지막 종장에서 시인에게 사상의 덕담은 확고하다. 덕담이 곡예나 무연극에서 실제로 재주놀이가 시작되기 전 막간에 유쾌하고 바보스럽게 우스운 이야기나 얄궂은 짓을 하는 그런 말로 치부해서는 안 된다는 경구이다.

자기가 살아온 경험이나 견해를 진중하게 담아서 정확하고 효과적인 바른 전달로 아랫사람이 받아들이고 수긍하는 덕담이 되어야 한다. 좋은 덕담이라도 핵심이 분명하지 않고 똑같은 궁색한 빈말을 한다면 역효과를 내는 잔소리가 된다. 절벽을 감고 있는 안개처럼 판의 흥을 돋울 말의 일부라 해도 그렇게 쉽사리 지워지지 않는다. 스스로 일어서서 삶의 의지와 희망을 바라보는 장래의 인생들에 깨달음을 자극한 덕담 한 마디가 후일 초연한 삶의 자세를 바꾸게 한다.

업둥이

신 계 전

전생에 복이 없어 낯선 땅에 떨어져서
남몰래 가슴 엎어 울기조차 서러워라
천형을 끌어안은 채 업을 업고 살았네.

업둥이가 들어오면 복이 들어온다.

'업둥이'란 업(業)과 같이 굴러들어온 아이나 어린 동물을 일컫는
말이다. 이 '업둥이'의 어원(語源)은 아이가 없어 아기 낳기를 원하는
집 대문 앞에다 출생한 지 얼마 되지 않은 핏덩이를 포대기에 싸서
몰래 놓고 간다는 말이다. 핏덩이를 버릴 때 포대기 속의 아이에 대
한 사연을 적어놓지 않으면 몰래 버려지기 때문에 생모도 성도 태어
난 날도 모르는 경우가 허다하다. 옛날 우리 민족의 정서로 업둥이
가 들어오면 사람이든 동물이든 하늘이 내리는 복이 들어온다며 가
족으로 받아들였다.

한국전쟁을 치르고 보릿고개를 맞으면서 우리들이 찢어지게 가
난했던 시절 얼마나 많은 업둥이가 국외로 입양되었는지 알 수가 없
을 정도였다. 몇십 년이 지난 업둥이들이 타국에서 양부모의 보살핌

으로 곱게 성장하여 친부모를 찾는 사연이 들릴 때마다 가슴이 멍멍하다. 우리가 살아왔던 지난 시대에 고난과 역경, 그리고 가난이라는 심리적 외상을 겪어왔다. 그 세대를 온전히 감내하기에 너무나 가혹한 현실 그 자체로 당시 우리나라가 입양 수출국이라는 오명까지 뒤집어쓰기도 했다. 이 업둥이는 아무런 죄도 없이 자기 뜻과 무관하게 태어난 원죄로 버림받은 죗값이 너무나 서럽고, 처참하다.

시인은 천형을 끌어안고 살았다 했으니 울기조차 서러웠을 것이다. 낯선 땅에 떨어져서 인연도 닿지 않은, 생소한 곳에 씨앗으로 떨구어졌으니 그 기구한 전생은 죄 없는 형벌이다. 이런 기구한 운명을 하늘에 원망할 것인가 생모에게 원망할 것인가. 그 누구에게도 원망할 수가 없다. 그러나 다행히 이 작품에서 역설적으로 업을 업고 살았다는 희망의 싹트는 소리가 들린다. 이제 우리에게 업둥이가 슬픔이나 천형을 함축한 의미가 아니다. 한 가족의 일원이 되어 사랑받는 식구의 이름으로 우리 곁에 다가온다. 정신적이든 육체적이든 이 업둥이가 하나의 진정한 인격체로 구성원의 반려가 되고 있음이다.

인용된 종장에서 "천형을 끌어안은 채 업을 업고 살았네."는 쉽게 표현할 수 없는 절창의 방점을 찍고 있다.

목련꽃 서정

은밀한 옛사랑이 마침내 열리듯이
순배 한 가시내의 앞가슴 펴 보이듯
몽실한 꽃봉오리가 봄을 키워 피어있다

봄 햇살을 키워 행복을 추구한 흠모

작품을 감상하면서 독자나 평자는 시적 관상 물이나 존재론적 인식의 깊이와 시조에 천착된 절제미를 어떠한 내용물(詩語)로 구성하여 승화시키고 있는지가 핵심이다. 물론 압축적 격조 있는 정형의 구현이라든가 일반적 느낌을 시적 발상으로 얼마만큼 감동과 여운을 남기고 있는가도 탐독의 한 포인트이다.

시조는 우주와 자연을 크게 능가할 정도로 독특하고, 복잡다단한 인간 혼의 소산이다. 시가 워낙 거대하게 생동하는 인간 정신의 현상 세계이며 역학적인 실체이기 때문에 시를 이해하고 파악하려면 상당한 지적 훈련과 교양, 그리고 인종적, 지역적, 종교적, 문화적, 풍속상의 감각을 익혀야 할 필요성을 갖는다.

신길수의 〈목련꽃 서정〉은 제15회 월하시조 문학상 수상작인데,

두 수로 직조되어 있다. 3장 6구 12소절로 잘 짜인 정제된 형식의 구도를 갖추고 있다. 각 수의 종장 첫 소절은 5~7자로 자수율이 정확하게 배열되어 있다. 시적 섬세한 감성이 참신하고 격조 있는 이미지의 형상화로 감정 이입의 멋을 한껏 살리고 있다. 목련꽃은 겨울의 끝자락, 잎이 피기 전에 일제히 개화하여 짧은 기간 한꺼번에 지고 만다. 우리 주변에 흔히 산재한 목련꽃을 바라본 시인의 세심한 시안(詩眼)의 속성을 시편 속에 넌지시 깔고 있다. 몽실한 꽃봉오리가 청춘의 첫사랑이 찾아오는 듯 청순한 여인의 도톰한 앞가슴으로 전이 시켜 이입하고 있다. 둘째 수에서는 환하게 미소를 지우며 반갑게 맞이하는 여인의 모습으로 형상화한다. 떨어진 목련 꽃잎은 보기가 그렇게 좋지 않음에도 불구하고 화자의 정원에는 봄을 키워 햇살도 눈부시게 자분자분 앉고 있음을 조용히 바라본다. 목련이 피고 지는 실상의 감각적 재료가 미적 추구에 따라 형성되고 있다.

이 작품은 그런 점에서 충실함을 담보하였다. 목련꽃의 개화와 낙화의 실상이 화자의 감성을 즉흥적으로 자극하는 것은 꽃과 여인의 사랑이 깊은 연동으로 인간에게 있어 행복을 추구하는 흠모로 비치기 때문이다.

농악

심 성 보

상모는 열두 발로 빙글빙글 돌아가고
바깥마당 울타리는 도는 만큼 늘어가고
우리 집 고방 평수는 시나브로 넓어진다.

민속놀이가 사라져간 농촌 농악의 향수

시조 속에는 하나의 숨소리가 있으며, 만물의 흔적과 영혼을 응축시켜 깨닫고 공명하도록 우주의 섭리를 아울러 녹인다. 압축한 말로 무한한 시공간을 확보하여 형이상학적 교감을 꾀하여 온 것이 우리 시조의 본령이며, 차별성으로 그 품격은 단연코 단수에 있다.

위에서 시인이 노래한 〈농악〉은 마당밟기 놀이의 한 토막을 시화하고 있다. 농악은 논총에서 우리 풍속과 관련하여 농부들이 두레를 짜서 농사일할 때 고단함을 덜어주기 위해 벌이는 노동 판놀음을 두루 일컫는다. 우리 농악은 여러가지 굿의 형태로 당산 굿, 마당밟기, 걸림 굿, 두레 굿, 판 굿, 배우 제 굿, 배 굿, 등 공연하는 목적에 따라서 각기 놀이를 벌인다. 이 마당 밟기 놀이는 상모와 고깔과 가면을 쓴 두레들이 징, 장구, 북, 꽹과리의 4물 외 피리, 제금, 호적 등 악기를 연주하며 울타리 바깥마당과 안마당을 빙빙 돌면서 지신 (地神)을 밟는다. 이러한 공연은 한 해의 액땜을 하고 일 년 농사의 풍년을 기원한다. 두레의 잽이 들이 상모(전립) 꼭지에 진자와 채를 달거나 열 두발의 천이나 한지를 길게 달아 머리를 휘두르며 손북을 치면서 몸을 비스듬히 눕혀 날렵하게 돌아가는 묘기는 우리 선조로부터 내려온 전통 놀이다. 지신밟기 놀이에서 가장 중요한 것은 마당밟기와 더불어 집안에 보관하기 불편한 각종 물품이나 농기구와 곡물 등을 넣어두기 위해 집 바깥이나 사랑채 부근에 따로 만들어놓은 집채의 고방(창고)에 신(神)몰이의 두들김이다.

농악은 세시 풍속과 관련하여 농민의 생활 깊숙이 스며들어 공동체를 결집한 민족적 종합예술로써 본래의 굿이다. 전통 시대 농경 사회에서 굿, 매고, 풍장, 풍물, 두레, 등 지방에 따라 공연 형태가 상이한 이름을 발견할 수 있다. 보통 이러한 농악 놀이는 정월 대보름날 달집태우기와 병행하여 공연하는 것이 통례다. 열 두발로 상모는 고깔과 함께 돌고, 매고를 든 두레들이 비스듬히 몸을 눕혀 돌며 고방이 클수록 도는 횟수가 늘어난다. 집주인은 해마다 고방 평수가 늘어나기를 기원한다. 민속놀이가 사라져가는 농촌의 농악을 이제 쉽사리 볼 수 없어 아쉽다.

시선 두기

심 응 문

낮은 곳에 둘까요. 높은 곳을 볼까요.
균형을 맞추는데 최대한 따스하게
눈길로 지피는 불씨 그 주위가 환하다.

상대 능력에 시선 두기의 평가

시선(視線)은 이 세상 모든 것을 체험하는 출발선이다. 시선을 두는 시간과 공간의 각도에 따라 달리 보이는 데 보는 만큼 알게 되고 아는 만큼 인생을 운영하며 살아가는 결과가 달라진다. 누구든 아무리 높고 큰 이상을 가지거나 희망이 전혀 보이지 않는 상황이라도 한때의 이러한 굴곡 없는 인생은 있을 수 없다. 우리는 부족한 점이나 불만투성이가 많은 사회에 살고 있다. 누구나 살아가는 과정에서 슬픔과 기쁨, 좌절과 희망 등 어디에다 시선을 두고 비교하느냐에 따라 자존감은 현저히 다른 느낌을 들게 한다. 인간의 상상력은 무궁무진하고 끝이 없다. 초점을 맞추어 시선을 두면 그때의 상황에 따라 형상도 다르게 보인다. 나보다 못한 사람을 본다거나 나보다 훌륭한 사람을 보면서 느끼는 반응에 균형 맞추기 당황스럽다.

시인은 눈길을 낮은 곳에 두든 높은 곳을 향해서 보던 높낮이를 비교하지 않고 최대한 균형 감각을 맞추어야 한다고 주문한다. 그렇게 따뜻한 눈길로 본다면 우리들의 살아가는 주변에 환한 불씨가 지펴진다고 호소한다. 한 그루의 나무가 잘 자라서 꽃을 피우고 튼실한 열매를 맺으려면 갖추어야 할 요건과 겪어야 할 고통이 뒤따른다.

위의 작품 〈시선 두기〉는 우리들이 살아가는 방향과 지표를 따뜻한 언어로 여러 방법을 제시하고 있다. 사람은 깨우치기까지 짧지 않은 세월이 소요되고 익히기까지 적지 않은 대가를 치러야 하는 시대의 무분별과 무차별의 진리가 있다. 인간은 자기가 살아온 시간을 뛰어넘지 못하고 앞으로 살아갈 세월을 건너뛰지 못한다. 대부분 사람이 자기보다 우수할 것이라는 허상을 갖는 것은 불필요한 열등감을 느끼게 한다. 상대의 능력을 과대평가하거나 두렵게 여기는 사람도 불행을 불러오고, 비극으로 이어지는 데는 아무런 차이가 없다.

때에 따라서 상대적 판단과 선택은 수준을 넘어설 수 없으며, 힘든 선택을 강요받았을 때 견디기 어려운 혹독한 시련에 부딪히게 되는 것은 당연한 결과이다. 상대 능력에 시선 두기의 평가에서 변두리 인생의 시선 두기를 할 이유가 없다는 것을 이 작품 안에 메시지로 담고 있다.

나이를 먹을수록

원 용 우

이 세상 별것 있나 어울려 사는 거지
어딘지 모르면서 떠밀려 내려가도
삶이란 굴러가는 것 신나게 굴러본다.

인생은 구름처럼 흘러가고 공처럼 굴러가는 것.

　삶이란 바람에 떠밀리는 구름과 같다. 눈 깜짝할 사이에 흘러가 버리는 것이 인생이고 우리가 살아가는 삶이다. 시대의 격변 속에서 사람들은 살아남기 위하여 경쟁해야 하고 약삭빠르게 처신하는 기회주의 사회에 살고 있다. 잔머리 굴리며 자신의 이익을 찾아 호들갑을 떠는 부류들에 이 세상에 살아가는 것이 별것 아니라 어울려 살아가야 한다는 교훈의 메시지를 담고 있다. 달고 쓴맛 다 보고 나면 세상맛은 단맛 빠진 껌 씹는 것과 같다. 어딘지 모르게 떠밀려가며 한때 죽고 살 것처럼 매달렸던 일도 지나가고 나면 허망하다.

　백세 인생, 백세시대라면서 쉽사리 너도나도 누릴 것이라 말하지만, 그렇게 쉬운 일이 아님은 연치(年齒) 70도 못 채우거나 겨우 넘기는 사람들이 많음을 보아서도 알 수 있다. 인생은 나그넷길이며 여행길이기에 거리의 멀고 가까움을 가리지 않는다. 산전수전 다 겪으며 도전하고 겁 없이 살아왔지만, 연륜이 쌓이고 나이를 먹을수록 왜 그렇게 아등바등 살았는지 후회의 마음도 은근히 숨기고 있다.

이 작품은 강물이 흐르듯 유연한 언술로 은은한 감정을 형상화하고 있다. 쉽게 읽히면서 쉽지 않은 행간을 시조에 또 다른 차원의 깊이로 작품을 폭넓게 풀어냈다. 함축된 짧은 시구(詩句) 안에는 많은 인생의 철학이 들어있다. 행복이란 자신의 내면에서 마음대로 끌어낼 수 있는 사람은 언제나 행복한 사람이다.

여강 원용우 시인은 한국교원대학에서 학장을 지내고 한국시조협회 이사장, 월하 시조 문학회 회장, 등을 역임한 우리 시조 문단의 큰 별이다. 『현대 시조의 창작기법』 및 『현대 시조창작 모범 기법』 등 많은 저서와 논문을 통해 시조 이론을 해박하게 정립시킨 대학자이다. 올곧은 선비정신의 품성으로 온후한 이 시대의 노송처럼 꿋꿋하게 살아온 노학자다.

후배, 제자에게 행복하려면 증오심 없는 마음을 가지고 남에게 사랑을 일깨워주는 세계로 이끌어야 한다고 강조한다. "삶이란 굴러가는 것"이 아니던가. 고민하고 번민의 고통에 시달리며 어렵사리 살아갈 일이 뭐에 있는가. 인생이란 구름처럼 흘러가고 공처럼 신나게 굴러가며 사는 것을…

사금파리

유 준 호

깨어진 사발 조각 성깔이 빛난다.
쨍그랑 소리 한번 앙칼지게 내지르고
숨어서 날(刀)을 세운다. 뉘 생살 베려고

사소한 물건에도 위험성은 도사린다.

'사금파리'는 사기그릇이 깨진 작은 조각들을 말하는 데 유리나 사기그릇이 깨진 부위는 칼날보다 더 날카롭다. 시골 어린 여자아이들이 소꿉놀이할 때 깨진 사금파리에 손가락이 베이면 살점이 떨어져 나가는 일이 허다하게 일어난다. 낡은 사금파리를 주어 소꿉놀이를 하던 박완서의 유년 시절 이야기 떠오른다. 쨍그랑 앙칼지게 소리를 내며 깨진 사기그릇의 사금파리는 칼날처럼 예리함을 품고 모든 것을 죄다 베어낼 듯 은밀하게 등 뒤에 숨은 칼잡이다.

시인은 예리한 사금파리를 두고 "성깔이 빛난다."라고 했다. 예리한 칼날을 비유하고 있다. 이렇듯 사금파리는 그 이전 사기그릇일 때에 아름다움의 소중함을 대접받다가 일단 깨어져서 사금파리가 되면 흉기로 변하고 길가의 흙에 박혀 보행자의 신발 밑창을 뚫고

들어와 발까지 상처를 입힌다. 그런데 이 사금파리도 유용하게 쓰일 때가 있다. 사금파리를 넓적 돌에다 세밀하게 갈아서 밥풀과 함께 으깨어 연줄에 먹인다. 밥풀을 머금은 연줄은 그야말로 예리하다. 연을 날리다가 연싸움을 할 때 사금파리 연줄은 그야말로 시퍼런 칼을 휘두르듯 상대편 연줄을 단박에 끊어 버린다. 연줄이 끊어진 상대편 연은 공중에서 힘없이 꼬꾸라져 인근 나뭇가지에 매달리고 만다. 이처럼 하찮은 사금파리처럼 그 쓰임새에 따라 유익하거나 해가 되는 사물들이 우리 주변에 수많게 존재하고 있다.

이 시편 종장 끝구(句)에서 "뉘 생살 베려고"에는 많은 메시지가 담겨있다. 깨지기 전 사기그릇의 유용함과 백토에서 환영받았던 그릇의 생명이 깨짐으로 인하여 천한 입장이 되었지만, 흉기로 변할 수 있음을 내포하고 있다. 오늘날 거짓투성이인 세태에서 예리한 질곡의 사회상을 이 사금파리로 여실히 대변하고 있다. 인간이면 누구나 공감하는 보편적 가치를 생각해본다. 사회의 급소를 지목하는 부분이 은근하고 오늘을 단절시킬 역할의 필요성을 암시한다.

사금파리에 발바닥을 베이지 않도록 조심하고 어쩌다가 베이면 상처는 깊어지게 마련이다. 상처를 입지 않을 조심성과 위험한 물건은 만질수록 상처를 입히고 덧난다는 이치를 일깨운다.

풀밭 속의 체위

윤 금 초

털진득찰 깨운 햇살 나절가웃쯤 노닌 뒤끝

네 잎 갈퀴 꽃대 위에 묶음으로 곤두박인다.

한 마리 큰 밀잠자리 그걸 품고 명상이닷!

감미로운 일상에 표현과 현실 인식의 감탄

봄이 오면 풀밭에는 각종 식물이 어깨를 서로 비벼대며 공존을
한다. 내리쬐던 햇볕이 유독 털진득찰 이파리에 살포시 내려앉는다.
잡풀과 함께 웃자라는 털진득찰은 일년생 초본의 쌍방이 식물인데
세모진 달걀꼴로 세 갈래의 커다란 맥이 잎 가장자리에 잔 톱니가
불규칙하다. 식물체에 긴 털이 밀생하는 잎의 대형은 화경에 선모가
있다.

시인은 풀밭의 식물체를 바라보면서 유달리 털진득찰 풀을 세밀
히 관찰한다. 풀밭 속과 풀밭 바깥의 풍경은 사뭇 다르다. 지친 일상
이나 특별한 날에 풀밭을 거닐면 싱그러움에 마음이 정화된다. 나절
가웃쯤 노닌 뒤에 털진득찰 꽃대 위에 햇볕이 묶음으로 쏟아져 곤두
박인다. 햇볕은 언제나 식물에게 싱싱함을 주고 활기를 준다. 강렬

한 햇볕에 꽃잎의 누그러진 모습을 보다가 때마침 큰 밀잠자리가 꽃대 위에 내려앉는다. 화자는 그 순간을 놓칠 수가 없어 그림을 그리듯 묘사하는데 심혈을 기울인다.

시인은 보통 사람이 보지 못한 사물을 보고 느끼며 글로 형상화하는 언어 예술사다. 이 시편 종장에서 큰 밀잠자리를 의인화하여 잠시 꽃대를 품고 앉아 있는 광경을 보고 "명상이닷!" 하면서 조용하게 감탄을 한다. 이렇듯 자연은 인간관계와 떼려야 뗄 수 없는 유관 관계를 형성하며 인간은 자연의 혜택을 누린다. "풀밭 속의 체위"에 정감 넘치는 시편의 행과 연을 따라가다 보면 많은 공감을 얻는다. 일상생활의 골짜기를 빠져나와 온갖 야생화가 피어있는 풀밭은 우리에게 정신적인 휴식처의 공간을 제공해 주기에 충분하다. 우리들이 잠시 머물다가 아쉽게 사라지는 자연의 세밀한 존재들에 대한 순간의 아름다운 모습을 발견함으로써 감탄하게 된다.

종장의 "명상이닷!"이라는 감탄은 큰 밀잠자리가 주는 운율의 사용에서 쉽게 잡히지 않는 모습을 시인 자신도 모르는 사이에 설명의 한계를 넘나든 감탄사의 발효이다. 명징한 시는 할 말이 많을 것 같은데 정작 하려고 하면 할 말이 모호하여 감탄사로 명쾌한 즐거움을 주고 있다. 이 시조에서 "나절가웃쯤", "묶음으로 곤두박인", "명상이닷!" 등 시어 취택이 이 작품에 성공의 결과를 담보 받고 있다.

까치밥

윤 설 아

배고픈 이를 위해 잘 차린 가을 밥상

오는 길 막히나 봐 입동에도 휑한 동구

외로운 꼬마전구만 깜박깜박 졸고 있다.

상생 조화를 추구하는 배려의 의식

청명한 하늘을 쳐다보며 야외로 나가면 순간에 걱정을 수반한 근심과 슬픔의 절규가 담긴 생각들이 저만치 비켜선다. 이러한 생각들은 무더위가 한계에 도달할 때쯤 한풀 꺾인 서늘한 가을의 풍성함에 조금은 위로를 받는다. 초가을은 결실의 계절을 밀어내며 늦가을 준비에 여념이 없다. 푸른 하늘에 대롱대롱 매달린 붉은 홍시는 가을이 깊어지고 있다는 신호다. 가을, 거지가 끝난 들판은 공허하고 나무들도 잎을 떨구며 겨울 준비를 한다. 동네 사람들은 집안 감나무에 붉게 달린 감을 다 따고 까치밥으로 몇 개만 남겨놓는다. 우리 조상들은 예부터 상생의 조화를 추구해 왔다.

시인은 가지에 매달린 홍시를 깜박이는 꼬마전구로 인식하고, 잎 떨어진 감나무 가지 맨 꼭대기에 대롱대롱 매달린 감을 배가 고픈 까치의 눈으로 바라본다. 까치가 울면 반가운 손님이 온다는 믿음과 함께 우리와 친근한 관계를 유지해온 텃새이다. 나무 끝에 달린 몇 알의 감에 불과하지만 까치에게는 잘 차려진 진수성찬이 따로 없다. 가을도 깊어 입동이 되면 그동안 부산한 동구 밖도 휑하니 한산하다. 늦가을은 초겨울을 부려다 놓고 또 다른 계절로 옮겨간다. 깜빡이는 전구처럼 나뭇가지에 매달린 홍시 몇 개를 까치밥으로 남겨 둔 배려가 살갑다. 하긴 까치밥을 남겨둘 여유조차 없는 야박한 삶이란 행복해질 수가 없다.

시인은 가을 언저리로 맴돌아 가려는 그대로의 모습을 보여주고 싶어 안달한다. 그러나 야박한 삶의 이면에 진실한 소지가 클수록 시적 의미는 확장되고 상상력의 파장은 확대된다. 파장은 순간적으로 기록이 되면서 최소한의 언어 사용이 최대한 사유를 부각한다.

시작(詩作)은 면학을 통한 순간적으로 부유하는 것을 언어로 포획하는 데 그 목적을 둔다. 그러므로 서리 묻은 바람에 가랑잎이 떨어지는 모습을 꿈결로 날리면서 필연적인 아쉬움과 허무 의식이 교차하는 정서가 묻어난다. 늦가을은 겨울의 초입에서 한 계절의 메아리를 닮아간다. 똑같은 사물을 두고도 보는 사람들의 혜안과 감성은 그 느낌의 강도에 따라 여러 가지 의미로 해석되기도 한다.

허물

윤 성 호

전생의 자국으로 허물을 포개놓고
여기가 이승인가 짙어지는 그늘 노래
영육을 찾아 담는가? 하늘 비친 네 날개.

영혼과 육체를 아우르는 인간 발자국

사람들이 살아가다 보면 자신이 걸어온 길에 발자취나 흔적을 남기기 마련이다. 이러한 흔적에는 훌륭한 업적의 족적이 있는가 하면 자신이 저지른 잘못으로 하여 씻을 수 없는 허물을 남기기도 한다. 잘못되거나 그릇된 소실로 인한 과실에 허물(껍질)의 벗음이다. 인간도 매미처럼 무슨 할 말이 많이 남아있기에 우화(羽化)를 거쳐 영혼과 육체의 텅 빈 껍질로 나뭇가지에 매달아 흔적을 남기는가.

시인은 전생에서 허물의 자국을 포개 놓았기에 이승에서도 짙어지는 그늘 노래를 부른다. 법구경의 무구무법(無咎無法)이요 불생불심(不生不心)은 허물이 있으면 대상이 존재하고 허물이 없다면 대상도 없다. 또한, 허물이 생기지 않을 때는 마음이랄 것도 없다는 화두가 떠오른다. 남의 허물이 한가지면 자신의 허물은 수십 가지다. 다른 사람의 허물이 자신을 돋보이게 할 사유가 될 수 없고 자신의 허물에 위안이나 배려가 될 수 없다. 타인의 허물을 확대하고 자기의 실수를 축소하여 괴변으로 합리화시킬 경우 측은한 느낌을 들게 한다.

허물을 인정하지 않는 각질(角質)의 사람도 장래가 어둡기는 매한 가지다. 곡식이 익을 때면 스스로 고개를 숙이듯이 겸손히 성찰하는 자세로 살아가라는 지침이다. 잘난 척하다 보면 허물은 쌓이게 되어있다. 교만하거나 남을 시기하는 행위도 이 세상에 자신보다 못한 사람이 없음을 알아야 한다. 자신을 낮추면 우선 바보처럼 보이나 제 발자국에 허물은 남기지 않는 법이다. 마음에 담아두지 않은 남의 허물을 버리는 것은 지혜의 덕목이다. 앞에서 비난받더라도 화내지 말고 자신을 능히 다스릴 줄 아는 자가 자비와 연민을 아는 사람이다. 지혜롭게 살아가는 처신 중의 하나가 남의 허물을 말하거나 보지 않는 것이다. 내 허물을 지적하고 꾸짖어 주는 사람은 감추어진 보물을 찾아주는 고마운 사람이다. 남을 위한다는 핑계로 너무 쉽게 남의 허물을 말하고 비꼬거나 충고하는 행위도 경계해야 한다.

위의 작품 종장에 "영육을 찾아 담는 하늘에 비친 네 날개"로 사람과 매미의 허물을 비유하여 영혼과 육체를 아우른 인간사에 깊은 내면을 투사하였다.

숯

이 광 녕

연기도 많이 피웠지 세상 그늘 겨뤄가며

상처받고 애가 타서 새까맣게 타버린 속

하지만 불을 댕기면 훨훨 타는 이 가슴.

사물의 관조와 깨달음의 미학

시인의 시적 자아는 일상의 표현 현상과 무위의 허무를 도외시한 자기 좌표에 시간으로 가둔 지름길이다. 자아의 자성을 확인하여 가식을 떨쳐내는 속살의 자화상을 형상화하고 욕망의 한계점을 새삼 되새기게 한다.

시인들이 작품의 창작 과정에서 고독하게 고뇌하는 그 이유가 사물을 좀 더 구체적이고 세밀하게 은유로 형상화하기를 갈망하기 때문이다. 시작에서 사물에 대한 내면적인 모습을 그대로 나타내기보다 그 사물의 형상을 시인의 두뇌에 흡입시키려는 것이다. 이러한 흡입력에 인식의 유도는 그 사물이 가지고 있는 특성들을 적절하게 심상에서 생성되고 있는 체험과 지식을 정착시킨 것이 컨버전스(convergence)의 시적 이론이다. 시의 이미지를 최대한 상승 시켜 생명력을 부여하고 언어의 리듬을 통한 차원 높은 감동을 유도해 내는 것이다. 시인의 감정 절제와 시적 상징성을 두고 많은 고심을 하게 되는 것은 시의 상징성에서 무명의 생명체를 실체적으로 언어에 담을 수 있는지 고민이 있어야 한다.

인용된 작품 〈숯〉은 활활 타는 산화 과정을 시인이 세상을 살면서 상처받고 애가 타는 심정을 비유하고 있다. 세상을 살아오는 동안 연기 같은 매운 고난을 겪뤄가며 상처받은 가슴은 이미 새까맣게 애가 탄 숯덩이가 되었다. 그러나 이러한 절망 속에서도 숯에 다시 불을 붙이면 훨훨 타는 긍정과 희망의 불길이 된다. 사람들은 세상을 살아가면서 힘들 때는 그늘 속에 잠시 쉬어 가기도 하고 때로는 좌절을 겨루면서 고난의 연기도 많이 피웠던 인생사를 숯을 매개물로 은유하고 있다.

시작(詩作)에서 비유는 시적 표현의 가장 기본이 되는 형태이다. 언어 감정을 표현하고자 할 때 자신의 독창적인 인식을 보여 주기 위한 수단으로 비유나 은유를 사용하게 된다. 그러므로 시인의 비유나 은유는 그 가치성을 인정하고 대응하려는 발상으로 치열한 언어의 장에서 빚어낼 시어를 찾는 탐구자가 된다. 이러한 의미에서 위의 시조를 읽어낸 솜씨의 가치성이 참으로 돋보이는 이유이다.

이정표

이 근 구

오늘도 나의 길엔 그리움이 핸들이다
외로움과 손잡고 하늘 보며 시어 찾는
그리움 꽃으로 피는 내 인생의 이정표.

인생의 노정에서 영혼을 깨우는 갱생의 꿈

'이정표'는 도로의 분기점에 세운 노선의 방향을 지시한 표지로 사람들이 생활해가는 발전 과정에 있어서 획기적 기회나 인간이 살아가는 데 지침이 될 만한 사건을 지칭한다. 그래서 흔히들 양심 없이 살아가는 사람에게 "이정표 없는 삶이라"고 비유하기도 한다. '이정표'라는 단어가 한창 입에 오르내리는 시기는 1980년대 김상진이라는 가수가 부른 "이리 가면 고향이요. 저리 가면 타향인데 이정표 없는 거리에 헤매 도는 삼거리에…"라는 가사의 노래가 유행하면서이다. 사는 동안 가혹한 현실 속에서 대칭되는 생명의 지속적이고 유기적인 공생의 해법을 찾기 위해서는 고뇌와 성찰을 반복하지 않으면 안 된다.

시인이 가는 외로운 길에는 그리움이 이 '이정표'요 출발하는 유동체의 핸들이다. 외로울 때면 하늘을 쳐다보며 시를 빚고 나면 스스로 아름답게 피어있는 꽃이 되어 인생의 '이정표'를 긋게 한다. 삶의 고뇌와 성찰의 해법이 직접적인 현실과의 타협과 순응은 아닐 것이다. 지금까지의 의문에 형식 언어를 등장시켜 생명력을 투명한 가치로 간절한 함축적 변주를 확보하는 것이다. 이러한 요소들이 원론적으로 존재에 대해 성찰하는 것이며 자아 인식의 순수한 발현이다. 사람의 일에는 본말이 있고 시도 시인으로부터 쓰이기 때문에 그 본말이 있으며, 이러한 본말에 따라 정도를 넓혀왔다. 훌륭한 시인은 갑자기 나타나는 천재가 아니다. 수많은 경험과 체험이 축적된 지적인 자양분과 결합하여 분석과 여과를 통해 제련함으로써 이루어진다.

시의 아름다움은 우리의 영혼을 흔들어서 깨우고 감동을 끌어내는 것이 핵심이다. 시에서 단순한 언어의 은유적인 처리가 아닌 사물의 형태와 유동에 따른 형상화에 생명력을 불어넣음으로써 시적 매력이 살아나게 된다.

시인의 〈이정표〉는 수용적 태도와 긍정적 태도를 동시에 함축한 그리움의 핸들이요 외로움의 핸들이며, 희망을 향해 달려가는 핸들이다.

촛불의 힘

이 남 식

밤이면 어진 무명옷 풀빛 진한 피가 모여

잃은 꿈 찾아 외친 저 목이 아린 함성

마침내 삼 동을 딛고 눈부신 꽃 피었네.

흔드는 건 촛불이 아니라 인간이다.

　자신의 몸을 사루는 희생정신으로 의미를 부여한 절제의 긴장감을 갖춘 위의 시조 〈촛불의 힘〉은 한 송이 눈부신 꽃이 되어 평화와 사랑을 만난다. 촛불이 품고 있는 비밀스러운 불빛은 감탄과 놀라움이다. 감탄은 마음을 흔들고 희생정신의 빛을 밝힌다. 시련과 고통은 잊어야 새롭고 고귀한 생명의 탄생을 만나게 한다. 촛불의 힘으로 드러남과 그 불빛에 따라 감추어진 인간 내면의 심리를 극적으로 나타낸다. 잃은 꿈을 찾아 펄럭이며 바람에 실어 외쳐 보는 저 목마르고 아린 함성은 밤마다 진한 피가 모여 펄럭이는 촛불의 힘이 된다. 촛불은 인간의 희망과 더불어 아픔을 드러내는 이중적 형태를 지니면서 동시에 축복과 상처를 치유한다.

　시적 대상이 비단 무정물인 촛불이라 해도 유정물로 둔갑 시켜 촛불에 의해 자신의 기쁜 감정에 힘을 이입시킨다. 촛불의 형상은 작심에 따라 결혼 행진곡처럼 행복하고 명랑한 모습으로 비추기도 한다. 슬프거나 무엇인가 격정적인 마음으로 관찰하고 묘사하면 촛 농처럼 흐르면서 아름다운 모습으로 느끼게 하는 힘을 밝혀준다. 갈 등을 일으키는 촛불의 흔들림은 그 힘으로 인하여 불안한 심리 상태를 이겨내는 불꽃이 된다. 촛불을 흔드는 것은 촛불 스스로가 아니라 인간들이다. 촛불 스스로가 숙연하게 넓고 넓어 끝없는 대자비로 까닭 없이 그늘을 밝힌다. 희망의 영역이 넓어지는 것은 무명옷 풀빛에 진한 피의 함성이다. 비폭력 평화 시위의 주요 방식으로 대표되는 촛불은 집단의식에 대한 다양한 욕구의 의사 표시로 사회운동에 모순을 해결하며, 민주주의를 어떻게 구현할 것인지 논란의 장으로 여과시킨다.

삼 동을 딛는 것은 혼미하고 어지러운 세상을 이겨 내어 몸을 사리는 과정이다. 시인은 종장에서 "눈부신 꽃 피었네."로 촛불의 힘을 화사한 꽃이 피는 희망으로 은유하였다. 잃은 꿈을 찾는 외침은 지나간 희망이 아니라 미래를 보장받지 못한 의구심이 묻어나는 인식이며, 긍정적인 의미를 함축하고 있다. 단명의 귀를 깨끗이 씻고 또 다른 모습이 무명옷의 그늘에 밝은 촛불 심지로 어둠을 밝히는 마음이다.

달 항아리

이 도 현

하얀 마음으로 기도하게 하소서
텅 빈 가슴으로 사랑하게 하소서
둥글게 하늘 문 열고 세상을 품게 하소.

하늘 문 활짝 열고 기도하는 시심

진청(眞淸)의 나이를 안고 잔잔하게 달을 품어 하늘 어디쯤 떠서 엄숙한 시간이 주어질까. 실로 어깨춤이 절로 나는 달빛 아래 이처럼 풍성하고 강물도 풍년을 기원하며 출렁인다. 둥근 모양의 '달 항아리'는 보름달과 항아리를 떠올리게 한다. 달 항아리는 자궁이 되어 도공을 치밀하게 새 생명을 잉태한다. 승리의 면류관을 쓴 황제가 되어 예찬받으면서 남산 위로 휘황찬란하게 뜬다.

이러한 달 항아리의 신조어가 지면에 처음 나타난 것은 "오늘 백발이 성성한 어느 노인 감상자 한 분이 찾아와서 시원하고 부드럽게 생긴 큰 유백색 항아리 하나를 조심스럽게 어루만지며 잘 생긴 며느리 같다며 자못 즐거운 눈치였다."라는, 달 항아리 이름을 붙인 1963년 최순우의 어느 신문 칼럼에 기인한다. 이후 학계는 물론 언론계와 문단에서 달 항아리의 미학을 정립해 나갔다. 이 낭만적인 달 항아리라는 신조어가 한몫을 하여 서구에서 "Mun-Jar"라는 이름으로 영국 박물관의 인기 유물로 등극하여 관심을 크게 끌었다.

휘영청 밝게 뜬 보름달처럼 솟아오른 달 항아리에 으레 붙어 다니는 수식어로 "자연스럽게 흘러나오는 일그러짐의 아름다움과 소박함, 백색의 미, 함박웃음의 뺨" 등으로 적절하게 표현되었다. 그러나 한편으로 안정도가 상실된 지상에서 몸을 붙이지 못할 괴로움과 슬픔이 무의식적으로 반영된다며 비관적인 표현도 있었다. 얼어붙은 몸 위로 둥근달이 떠 오를 때 어스름 후두 머리로 하늘차고 쓰러진 달 항아리로 표현한 시인도 있다.

인용한 시편의 화자는 초장에서 백자 달 항아리를 달로 의식하고 하얀 마음으로 기도하게 해 달라며, 서운을 띄우고, 중장에서는 한층 더 절실한 마음을 표출하였는데 "텅 빈 가슴으로 사랑하게 하소서"로 시인은 텅 빈 달 항아리처럼 빈 마음에서 이 세상을 사랑하게 해달라고 기원한다. 종장 처리로 달처럼 둥글게, 항아리처럼 하늘문을 활짝 열어젖히고 이 넓은 세상을 화자의 가슴 안에다가 품게 해 달라는 염원으로 엄청난 의미를 부여해서 마무리하였다.

나오라

이 병 기

다행히 아니 죽고 이날을 다시 본다.

낡은 터를 닦고 새집을 이룩하자

손마다 연장을 들고 어서다 나오라

- 연시조 3수 중 마지막 수

짓밟힌 땅에 새집 지으러 나오라

　독자들의 독서 성향은 천차만별이다. 평범한 글인 듯해도 색다른 글, 익숙한 글이면서 새롭게 다가오는 글을 좋아하는 것 같다. 일상에서 우리들의 이야기는 그 누구의 이야기가 아니라 모두의 이야기로 때로는 슬픔을, 또는 감동을 주기도 하는 것이 시편들이다. 우리들 고유의 민족시는 시조이고 서양에서는 소네트, 중국의 한시는 절시와 율시, 일본은 하이쿠와 와카가 있다. 서양에서 언어가 음악을 대체한 독일어로는 절대로 소네트를 쓰지 못했는데 "괴테"라는 괴물 같은 천재 시인이 나타나 독일어를 찰떡 만들 듯이 메치고 올려치며 주물러서 떡고물을 묻혀 소네트를 창시하였다.

　우리 시조는 고대 민요에 연유하여 가사로 내려오다가 정몽주, 성삼문 등 고려 말기에 전성기를 이루었다. 고시조에 이어 1900년대 현대시조가 이은상과 이병기에 의하여 체계화되었다.

위의 시조는 가람에 '나오라' 제하의 연시조로 직조되어 있는데, 마지막 수로 초장에는 민족해방의 기쁨을, 중장에서는 독립투사를 추모하였다. 종장에는 우리 민족이 죽지 않고 해방의 날을 맞았으니 양손에 연장을 들고 짓밟혔던 낡은 조국의 터를 닦아 새 조국 건설에 앞장서자는 내용이다. 일제의 수탈로 짓밟힌 조국의 땅에 새로운 집을 짓자고 쉬운 언술로 계도하고 있다. 일제의 사슬에서 해방은 되었으나 1950년대 6·25동란으로 엄청난 민족상잔의 암흑기에 우리 시조도 민족의 수난과 함께 큰 영향을 받았다. 우리글과 말의 언어문화 생활이 소생하여 시조도 점차로 뒤 살아났다. 시조는 천여 년을 이어온 우리의 전통 시이며 가사이고 민족의 혼이다. 현대에 들어와서 "혈죽가"를 비롯하여 시조를 형상화한 민족 문학의 전통성을 확립하고 계승 발전시켜 왔다. 개화기 이후 최초의 활자 언어로 1906년 대한매일신문에 발표한 대구 여사의 "혈죽가"는 우리 시조 사에서 민족의 혈관으로 면면히 흐르는 역동적 가치를 시조 양식에 담은 작품이다.

가을빛

이 석 규

하늘이 깊어지니 개울물도 여물었네.

문명 속을 노닐 때엔 과향(果香) 한 줌 뿌려주자

사색이 노을로 타는 저 깊은 진실의 강

가을빛에 절제미와 긴장미가 담긴 멋

인용한 위의 작품에서 〈가을빛〉이라는 평범한 시제를 취택하고 있어 쉽게 읽을 수 있는 편안한 시편이다. 이 작품을 조금만 세밀하게 유의해서 내용을 살펴보면 결실의 풍성한 색깔이 보일 것이다. 가을 빛깔을 띠고 먹음직스럽게 과육이 살찌는 여러 과일은 가지가 휘어지도록 주렁주렁 매달려 있는 모습을 떠올리게 한다.

초장에서 가을 하늘이 높아 보이고, 개울물도 맑게 흐르니 온 산야가 풍성한 풍광으로 가을빛을 이입 시켜 은유하고 있다. 하늘 높게 어울리는 계절의 가을을 맞이하여 시인은 서정적 감각과 그리운 정서를 곱게도 비벼 놓았다. 그리고 맑게 흐르는 가을의 개울물에 마음을 풀어보기도 한다.

중장에서는 정서가 메마른 도시의 포장도로를 거니는 시민들에게 과일 향이라도 듬뿍 뿌려주기를 소망한다. 종장에서 "사색이 노을 타는 저 진실의 깊은 강"은 가을의 들판과 그 들판을 끼고 흐르는 강과 함께 자연에 감성을 수리한 가장 응축된 시적 구도이다. 시조가 정형의 틀 안에서 절제미와 긴장미 그리고 완결미로 잘 얽어서 구축함은 주지의 사실이다. 시조가 압축과 절제된 표현 기교에 상징성을 갖는 것은 단시조의 백미이다. 시조는 비유와 상징으로 감정이입의 기법을 활용하여 함축미에 극치를 보여주는 문학 장르이다.

종장의 말미에 "진실의 강"이라는 명사로 끝맺음을 하고 있어 단수로서의 응축미를 강하게 보여준다. 이러한 의미에서 인용된 작품 "가을빛"은 긴장미를 고조 시켜 폭포수처럼 시원함을 제공한다. 특히 시조에서 긴장미는 생동감과 신선미를 줄 뿐만 아니라 시조의 맛에 생명력을 불어넣는 중요한 역할을 한다. 그러므로 긴장미가 상실되면 독자에게 산만함과 지루함을 안겨주게 된다. 화자는 가을빛을 두루 탐색하면서 그 자체의 정신세계를 비추어 본다.

작품의 소재가 보편성을 지니고 관념적이거나 추상적인 사실을 시각적으로 다각화한 심미적 기법이 돋보인다. 시어의 미적 표현을 통한 예술성 성취에 치중하면서 번거로움을 피하기 위한 간결한 상상력의 심미성을 발현하고 있다.

가슴의 강

이 성 미

진통을 다스리며 모질게 구걸하는

빈 목숨 추스르며 지쳐 눕힌 목쉰 육신

웅크린 가슴의 강에 살얼음만 끼인다.

흐르는 강물이 현실의 세계를 적시다.

　이성미 시인은 나래 시조에서 등단한 후로 경기도 시인 협회 이사와 현재 남양주시인 협회 회장으로 문단 활동을 활발히 하는 중견 시인이다. 위의 시조 〈가슴의 강〉은 현대 시조에 현실적으로 주체 의식을 기댄 다양한 삶의 단면을 그리고 있다. 육신도 지쳐 눕혔던 목숨을 추슬러 견뎌내는 육화의 소리로 포효하고 있다.

　이성미의 〈가슴의 강〉은 고상한 감성적인 에너지가 이렇게 인간 내면의 질서까지 변화를 일으키며 절제된 표현을 하는 것이 참으로 가상하다. 이러한 형상은 살아서 움직이는 삶이다, 무엇이 되고 싶다는 갈망들이 가슴속 깊이 강물로 흐른다. 목이 쉰 육신은 상처투성이의 가슴을 옥죄이며 긴긴 고뇌와 아픈 빛깔로 채색한다. 그래서 진통을 참으려고 안간힘을 쓴다. 인간이 살아가면서 분노와 증오가 마음속에 얼마나 지독한 독이 되는지, 족쇄처럼 옭아매는지 경험하지 않으면 모를 것이다. 나쁜 생각 하지 않으려고 할수록 더 나쁜 생각이 든다. 이것은 마음의 속성이요 생각의 역설이다. 나쁘거나 싫다고 판단되는 생각을 부정함은 마음의 속성에 반하는 삶이다. 우리가 억압된 마음의 상처로 트라우마는 쌓여간다. 인간은 부정적 감정을 없애려고 하지만 번번이 실패하고 마는 것이 보통 사람들의 속성이다. 자신을 지탱했던 삶의 기둥이 한순간 삭아서 무너져 내리는 것과 같다. 왜, 무엇 때문에 가슴의 강이 흐르는가? 그리고 사람의 가슴에 무슨 강물이 흐른다는 말인가? 참으로 알 수 없는 일이다.

시인의 가슴에는 분명히 흐르는 강이 있다. 이성적 현실의 세계가 아닌 상상의 세계에 현존을 뛰어넘어 무한한 몽상의 강이 흐른다. 때로는 그 강에 한파가 몰아닥쳐 살얼음이 낄 때도 있다. 오늘을 어렵게 살아가는 우리의 강이 풀리고 헐벗음과 웅크림의 또 다른 강물과 함께 침잠의 몸짓을 움츠리게 한다. 허례허식에 벗어던진 속살로 되레 모두의 풍성한 감정의 강이 유유히 흐르기를 갈구해 본다.

고추잠자리

이 정 자

수숫대 머리 위에 가을이 앉아 있다
파아란 하늘이고 사색하는 깊은 뜻은
유년의 풍경 속으로 젖어 드는 시간이다.

유년을 회상하는 사색과 서사의 추상화

　이정자 시인은 아호가 자헌이다. 건국대학 교수를 역임하고 한국
시조시인협회 및 한국시조협회 자문위원으로 활동하며 한국 시조
문학 진흥회 제3대 이사장을 역임한 시조 문단의 원로의 대들보다.
　시조집 『내 안의 섬』 외 6권과 『현대시조 정격으로 가는 길』 외
15권의 논문집을 저술한 시조 이론의 대가다. 시인은 유년을 회상
하면서 자아의 정체성을 더듬어가는 동심의 세계를 전개하고 아름
다운 자연 속에 자신의 옛 모습에 빠져든다. 어느 날 수숫대 끝에 앉
아 있는 붉은 고추잠자리를 발견하고 벌써 가을임을 인지한다. 고추
잠자리를 보는 순간 아! 가을이구나 하는 계절의 느낌과 한 몸이 되
어 몰아 전체의 세계를 유영한다. 유년의 파란 하늘은 유독 높고 청
아하다.

가을은 풍성한 결실의 계절이면서 국화의 향기도 숨겨져 있고, 서늘한 바람도 품는다. 가을은 삶의 길목마다 복병들이 숨어있어 기습공격을 해도 결국 자연에는 아무 목적 없는 자연으로 회귀한다.

위의 작품처럼 단시조의 생명력은 형식적 정체성이 바로 정형성과 유연성 그리고 세련성의 함축이다. 유년의 감정적 흐름을 자연의 순리에 젖어 들어 추억이 흠뻑 젖는 시간을 대체한다. 사색의 곡간을 넉넉히 채우는 일은 삶의 질에 풍요로움이며 인생의 재도약을 이행할 수 있게 한다. 마음은 생각을 만들고 생각은 행동을 낳는다. 하늘 한가운데서 허덕이던 지난여름 무더위를 벗어나 가을 초입 푸른 하늘 끝에 업혀 수숫대 끝에 앉은 고추잠자리의 모습을 그려본다.

서정의 이끌림에 시혼을 부여잡고 한 줄의 표출 구도로 부활하는 감동을 찾는다. 문맥에 행간을 빌어 감성의 끈질김을 끌어당긴다. 유년의 기억을 더듬어 들어간 시공간은 참으로 포근하고 아름답다. 익숙한 이미지들이 새롭게 조명되기보다 일상의 한 부분으로 자리를 잡고 있다. 감성이 고갈되고 황량한 현대인의 각박한 삶 속에서 이 시 한 편을 읽고 유년에 젖는 것도 값질 것이다.

해바라기

이 태 극

가난이 아직 고와 뜨락을 지킨 세월
크나큰 화관(花冠)들이 오뇌로 감싸주나
저 멀리 구름 길 아득 꿈을 익혀 사는 너.

그 시대의 사상과 배경을 녹인 은은한 풍미

이태극 시인은 아호가 월하(月河)이다. 1950년 서울대학교 물리대 국문학과를 졸업하여 서울대, 연세대, 국제대 등에 출강하였고 이화 여대 교수와 대학원 교수를 역임한 국문학자이자 문학박사이다. 1950년대 후반 가람 이병기가 고시조의 관념성과 추상성을 배격하여 참된 개성의 획득을 주장할 때, 월하 이태극은 시조의 정통적인 육성의 하나인 율격을 지키는 것이 중요하다고 주창하였다. 시조가 정형 양식으로서 자신만의 함축과 절제의 원리를 견고하게 지켜야 한다는 점을 중시하였다.

위의 시제 〈해바라기〉는 1970년대에 발표한 수많은 작품 중 하나로 시대성의 사상과 배경을 해바라기로 녹여 풍미가 은은하게 표출된 작품으로 이해된다. 초장에서 "가난이 아직 고와 뜰을 지킨 세월"로 표현을 함으로써 그 시대를 대변한다. 해바라기는 하염없이 태양을 쫓아 한곳만을 바라보며, 한여름의 강렬한 태양 아래에서 커다란 꽃을 탐스럽게 피우는 모습은 신선하고 열정적이다. 오매불망 기다림과 그리움을 상징하는 꽃말도 있다. 솟구치는 서러움에 겨워 빈 뜨락을 안간힘으로 지키는 것도 해바라기의 삶이다. 이 세상에 사연 없이 살아가는 사람들이 없는 것처럼 많은 꽃도 저마다의 사연을 품고 꽃을 피우고 지운다. 중장에서 허우적대는 긴 대를 올려 큰 화관들이 씨를 담아 우뇌로 감싸 주며 꽃을 피우고 있다. 하루하루가 숨 가쁜 삶을 살아가고 있는 현대인들의 피로에 지친 모습을 해바라기를 통하여 절박한 삶에 비유하여 힘을 전하려는 시인의 자존감을 엿볼 수가 있다.

종장에서 구름 길 아득한 꿈을 꾸고, 태양을 바라보며 꽃을 피우듯 언젠가 우리들도 풍성한 씨앗을 익혀 품는 해바라기의 생명력을 의인화시킨다. 이러한 현실에서 형상을 통하여 상실의 세계를 피하고 새로운 열림에 꿈길을 준비하는 시 세계에 맞닿아 있다. 아득한 꿈길을 익혀가며 사는 해바라기는 가난한 초가집 뜨락을 지킨 세월로 은유하여 시대적 사상과 배경을 녹이는 은은한 고뇌를 풍미로 감싸주고 있다.

물수제비

이 태 순

한적한 호숫가에 돌멩이 하나 들고
물수제비 떠보려고 고개 숙여 수면 보면
물속에 하늘이 있다 물수제비 스쳐 가네.

수면 위에 촉촉이 젖어 드는 아련한 유년의 경험

물수제비는 유년 시절 아련한 추억으로 어우러져서 어린이의 마음과 생각이 되살아난다. 호수나 냇가의 물결이 잔잔한 곳에 돌을 던져 얼마만큼 오랫동안 물을 튀기며 수제비를 뜨는지의 놀이이다. 돌을 물 위에 던졌을 때 얄팍하고 둥근 돌일수록 물 위를 스치는 시간과 거리가 멀어진다. 튀기는 자리마다 건너뛰며 빠질 때까지 생기는 물결 모양은 순간적으로 오금 저린 쾌감을 준다. 얇은 몸 다시 잦지 않게 퐁당퐁당 수면 위를 건너뛰며 몇 번의 자맥질 끝에 가라앉는다. 무심코 던져 멀리 날아간 수제비 돌의 역할은 우리들이 사는 동안 얻을 것을 모두 잃어버린 채 수력에 휘둘리다 결국에는 수중 속으로 잠긴다.

시인은 호젓한 호숫가에서 돌멩이 하나 집어 들고 물수제비를 띄우며 수면을 바라본다. 호수에 비친 파란 하늘이 유난히 물결에 일렁이고 흔들리는 파란 하늘 한가운데 어린 시절이 떠오른다. 시의 (詩意)적 결속의 형태가 미감에 생동감을 줄 뿐만 아니라 시조의 맛과 멋을 살려내는 중요한 미적 역할을 한다.

종장에서 "물수제비 스쳐 가네."는 여운이 함축된 짜릿함에 전율하며 감동을 이끈다. 자연이 주는 감동 기능과 미적 기능의 양면은 지친 우리를 치유할 뿐만 아니라 쇠잔해 가는 힘을 다시 북돋아 준다. 추억과 더불어 사는 것은 남을 위한 삶이 아닌 자신을 위한 건강하고 행복한 삶을 가꾸어 가는 소신 있는 힘이다.

과거의 특혜는 자발적인 심적 유동성으로 추동되며, 심미적 반응에서 과거와 현재를 연동시킨 결과이다. 서정시는 은유나 상징으로 무장되지 않아도 순수한 시적 보법으로 호흡이 일정하고 사고의 궁리를 깊이 몰아갈 수 있다. 은유나 상징, 그리고 풍류 속에 교시의 핵심을 녹아낸 이차적인 작업도 필요하다. 시조는 대중화의 한 계기로 일정한 정형성을 보여주면서 발췌한 작품을 들어 부연하는 것도 의미가 있다. 간혹 시조에서 허구의 세계를 그렸다가 시적으로 성공한 사례가 허다하고 타자가 흉내 낼 수 없는 모습들을 연출해 냄으로써 좋은 결과를 얻기도 한다. 자아가 살아온 축소판이 자서전의 시적 변용으로 작용하는 경우도 있다.

고란초에

한숨을 받아 안고 이슬로 공 굴리며

흘리는 눈물방울 고였다가 흘러내는

강물에 구름을 띄워 하품하며 피었더냐.

꽃잎처럼 떨어졌을 삼천궁녀의 혼을 새기다

시조 〈고란초에〉는 부여 고란사 절벽에 천박한 환경을 이겨내며
자생하고 있는 고란초의 자생력을 시재(詩材)로 취택하였다. 고란초
의 강인하고 모진 생명력을 예리한 관찰력으로 표현했다.

시인은 인생의 뒤안길에서 새삼 옷깃을 여미며 걸어온 과거를 더
듬고 있다. 시인들의 시상은 다양해서 평범한 시재(詩材)라 할지라도
일반 사람들이 보지 못한 알갱이를 보고 그것을 채취하여 세밀하게
형상화한다. 고란초는 고란사 뒤뜰 바위틈에서 자라기 힘든 환경에
맞서 살아왔음이 분명하다. 고란초는 자생하기에 까다롭고 고사리
목과 양치식물로 여러해살이의 회귀한 풀로 알려져 있다. 백마강의
유유한 흐름을 느끼며 숱한 세월 속에서 질긴 생명력으로 지탱해 왔
다. 삼천 궁녀가 꽃잎처럼 떨어졌다는 전설을 고스란히 품고서 자

생했을 고란초의 삶에서 역사를 접목해 상상으로 유추하고 있음이 평가된다. 고란사와 고란초 하면 제일 먼저 떠오르는 것이 백제 황실의 마지막 의자왕에 비운과 역사적 전설이다. 부소산 백마강 강가 고란사 바위 사이에 고란초의 부드러운 이슬과 바위에서 흘러나오는 약수의 놀라운 효험의 이야기도 전래하고 있다. 미래는 과거가 필요하면서 역사의 진로를 파악하게 한다. 역사는 과정이 없다지만 역사의 추정을 통하여 옳은 방향을 찾아가려는 시도가 중요하다.

  시적 정체성을 역사적 사실에서 찾으며 지켜져야 한다. 인간의 상처 난 영혼들을 치유하는 것은 시를 사랑하는 인식에서 기인한다. 인용한 작품 초장은 낙화암에서 초개처럼 투신했던 삼천여 궁녀의 이슬을 공 굴리듯 눈물방울과 그녀들의 혼이 떨어지는 꽃잎으로 비유하고 있다. 종장에서 화자는 이러한 역사와 전설을 품고 고란사 뒤뜰 바위 틈새에서 자생하기 힘든 모진 환경에도 굽히지 않고 살아가는 고란초를 본다. 꽃잎처럼 떨어졌을 삼천궁녀의 혼을 되새겨본다. 이러한 역사와 척박한 환경 속에서 살아내는 고란초의 생명력을 우리들의 삶과 비유하며 역사의 사실로 교시하고 있다.

난(蘭)

이 호 우

벌 나빈 살리 없는 깊은 산 곳을 가려
안으로 다스리는 청잣빛 맑은 향기
종이에 물이 스미듯 미소 같은 정이여.

만질 수 없는 비색의 경이로움

시인 이호우는 여류시조 시인 이영도와 남매지간이다. 부유한 가정에서 태어나 경성제일고보를 수료하고 한때 일본 예술대학에 적을 두었으나 위장병으로 중도에 포기하고 귀국 후 동아일보에 〈영춘 송〉이 가작으로 입선된 뒤에 문장 지를 통하여 가람 이병기로부터 추천을 받아 문단에 나왔다. 이후 대구일보 편집 및 논설위원을 역임하고 말년에 시조, 시 동인지 대구의 『낙동강』 시조집 간행을 주도하였다.

시제에서 다룬 난(蘭)은 군자를 상징하는 의미와 함께 그 아름다움을 누구나 느낄 것이다. 난(蘭)은 삶과 사랑을 알게 한다. 참으로 사랑을 마음껏 간직하면서 표현할 수도 있고 때로는 슬쩍 감출 수도 있다. 난(蘭)은 아무래도 인간에게 길러지는 식물로 사람들이 듬뿍

정을 쏟으면서 가꾸게 되어 있으며, 가꾸는 동안 관조하는 자세야말로 얼마나 멋진 일인가. 난(蘭)은 각박함과 어려움이 어울리는 예로써 관조함은 참으로 멋있는 자세이다. 난초 잎의 흐름 또한 선과 미에 매료당할 수밖에 없다. 난(蘭)꽃은 투명한 표의에 붉은 자색의 빛을 걸러주는 경이로움을 갖춘다. '청잣빛 맑은 향기'가 묵향으로 낭자하다. 난을 치면서 종이에 먹물이 스며들 듯 맑은 향기가 코끝에 스며든다. 옛날 우리 선비들은 망건을 쓴 채 정자에 앉아 흰 수염 쓰다듬으며 먹물을 갈고 붓끝을 듬뿍 적셔 난(蘭)치는 모습이 눈에 담긴다. 실속 없는 깊은 산을 외면한 채 난 꽃을 보고 날아든 벌과 나비는 꽃과 상호 공생 관계를 유지한다. 고려청자의 비색을 은유하여 여인의 순정으로 이입 시켜 형상화한다. 도자에 새겨진 난(蘭)의 비색은 만질 수도, 맡을 수도 없는 경이로운 형체이다. 그저 시각으로 아름다움을 느낄 뿐이다. 침묵을 넘어선 투사(投射)이고, 감칠맛 나는 순수한 시인의 서정이 담겨있다. 화선지 위에 흐린 하늘이 무겁게 느껴지며 고고한 자태로 허공을 향해 난(蘭) 줄기를 세운다. 난의 미적 체험이 창조성을 계기로 강조되는 시적 미학의 수용은 현저한 향수 개념으로 지향하여 한 편의 시로 탄생시키고 있다.

달 새

이 홍 구

들머리 아지랑이 피어나는 햇살 무늬

풍년을 기원하는 종알종알 메아리여

늘 푸른 누리야말로 하늘이 준 너의 요람.

상상적 형체에 시상 취택의 접목

　인용한 위의 작품 〈달 새〉를 읽으면서 감성을 자극하는 소품들이 많이 비치된 인사동 유시화 시인의 "달 새는 달만 생각한다."라는 전통찻집 "달 새"를 생각하게 한다. 달 새는 사전에도 없는 상상 속 무 형체의 시어이다. 달 새는 달을 좋아하는 뱁새를 의미하기도 한다. 그 외에 시한을 뜻하는, 즉 한 달 새의 틈새인 짬을 의미하기도 한다. 양지바른 산과 들에 피어오르는 아지랑이의 근원은 수증기일까? 구름의 흐름일까? 그 형체가 있든 없든 햇살 무늬의 바람처럼 허공에 솟아오르며 날리다가 소멸하는 자연의 맥박이리라. 인간은 자연을 모방하며 살아간다. 그리고 우리 시인도 자연을 모방하여 작품을 창작한다.

　봄이 되면 온 산야가 피부병의 부스럼으로 간지럽다. 농부들은 아련하게 떠오르는 아지랑이를 보면서 풍년을 기대한다.

　시인은 이 시편의 주제로 〈달 새〉를 세상의 온갖 것이 한번 성하면 줄어든다는 틈 사이를 형상화한 것으로 이해한다. 그것은 종장 "늘 푸른 누리야말로 하늘이 준 너의 요람"으로 마무리함으로써 대변하고 있다. 평범한 시어의 "들머리, 메아리, 누리, 요람" 등을 취택하여 한 수의 시조로 엮어내었다. 시어의 말 놀림이 감각의 미를 더해주는 언어에 운용한 깊이를 여운으로 담아내고 있다.

　시조는 예술의 표현 형태이며 사유는 문학적 자질의 토양이고 성찰은 곧 문학의 씨앗이다. 늘 깨어있는 언어의 함축성과 간결미가 흥분과 감성을 구축해 내는 표현 기법으로 시의 공간을 확보한다. 시적 형태를 지속 시켜 시공간을 유추해 내는 직관의 힘은 유연한 글로 일깨우게 하는 창작자의 덕목이다. 인상 깊은 작품의 특징은 표현에 있어 비유와 상징으로 이미지를 변용시킨다. 시상의 변용은 함축과 비약적인 표현으로 새로운 이미지에 창출 원리를 이용하여 작품의 완성 수단으로 활용해 내는 것이다. 시작에 있어서 표현 방식으로 독백체를 구사하거나 대화체의 형식을 취하고 의문의 형식으로 표현하는 설의법을 원용한다면 더할 나위가 없겠다. 인간에 대한 존재의 의의를 탐구하는 문학적 작업은 순수하고 생경한 이미지로 자연스럽게 생성시키는 것이다.

하룻머리

이 홍 우

봄비로 닦은 하늘 잠이 깬 아침 해는

숲속서 화장하고 눈웃음을 짓는구나

노을빛 청명한 하늘 하룻머리 반긴 너.

자연에 담긴 순간적 시어 포획의 서정

시인은 떠도는 시어들을 순간적으로 포획하여 시화하는 능력을 갖추어 가며 여러 가지 언어적 시동과 제동을 구사하고 있다. 시가 영원함을 기록하는 데 의미를 둔다면 사유는 바로 사라지지 않게 하는 영원을 간직하려는 수단이다. 자신의 의지로부터 파급되는 잠시 이후를 빌려 예견하고 충실한 자연 속에 안기어 파편화된 시적 의식의 구도를 짠다. 시인은 부재의 결핍을 〈하룻머리〉라는 특이한 시어로 채우면서 이미 사라진 것 보다 지금 맞이하는 실존으로 재구성하여 일상을 복원시키고 있다. 시어로 포획한 대상들은 언어의 관습적 배열을 이탈하면서 시적 긴장감을 유도한다. 의도적인 시의(詩意)의 불협화음이 너풀대는 어법은 시적 세계와 시적 자아의 마찰을 효과적으로 드러내려는 수법임이 주목된다.

시인은 실존의 현장 감각을 정형 시조로 읽힐 기회에 순간 포착의 날카로운 시선을 주문한다. 시조는 민족적 미학과 말에 호흡을 끌어낸 독자적 형성이 사색과 감정의 조화이다. 운율의 묘미로 평범한 시어들을 연주해 내는 예리한 관찰력과 이색적인 소재를 어사 동원 능력이 돋보이는 장기의 세목이 바로 "하룻머리"의 신조어를 규정한다. 언어 미학과 시조 구성 능력으로 섬세한 요점을 보여주는 작품과 어휘 동원 능력이 돋보이는 작품이라든지 특이한 소재로 노래한 작품일수록 시선을 끌게 한다. 의도한 위의 시제로 채택된 〈하룻머리〉라니 참으로 기발한 착상이 아닐 수 없다. 보편적으로 이른 아침이나 새벽으로 표현하는 것이 평범한 생각인데 위의 시인은 "하룻머리"라는 새로운 신조어를 포획하여 변별성을 고취하고 있다. 쉽게 생각할 수 있는 시어이되 쉽게 생각하지 못하는 시어를 비틀고 꼬아서 은근히 은유하는 말의 놀림은 과히 이색적이다. 봄비가 먼지 낀 하늘을 맑게 닦은 뒤에 솟아오른 아침 해는 눈이 부시다. 해맑은 아침 햇살에 보답하듯이 숲속의 나무는 화장하고 푸름을 뽐낸다. 하룻머리의 봄비가 내린 뒤 날씨마저 활짝 개고 노을빛 청명한 하늘이 오늘 하루를 반긴다.

능소화

큰 나무 칭칭 감고 갖은 아양 비비 꼬던

화사한 그 얼굴이 첩실인 양 미웁더니

추위에 외틀어진 허리 퇴기 된 슬픔이여.

인생사 바람결에 흘러간 화무십일홍의 꿈

인용한 〈능소화〉는 세상사 모든 것을 이해하고 애잔한 마음을 꽃이 필 때의 화사함과 질 때의 애잔한 모습을 보여주는 지혜로운 포용을 바탕에 깔고 있다. 아양을 떨고 있는 첩실과 세월에 주름 잡인 퇴기의 신세를 꽃과 비뚤어진 가지로 비유하였다. 능소화의 화사한 꽃잎이 흡사 첩살이로 아니꼬운 미색이 차라리 서방보다 더 미워진다. "때리는 서방보다 말리는 시어미가 더 밉다."라는 우리 속담이 떠오른다. 서방의 허리를 칭칭 감고 "능소화"는 하늘 높은 줄 모르고 올라가 그 기세가 등등하다. 어느덧 세월이 가고 계절이 바뀌어 첩살이의 낭창한 가지도 추위에 외틀어진 허리가 굽는다. 젊은 시절 아름다운 한때의 기생이 퇴기가 되면 추하되 추한 모습으로 매력을 느낄 수 없어 아무 쓸모가 없다.

시인은 그러한 퇴기의 흘러간 화무십일홍 꿈이 깨지는 순간을 놓치지 않고 측은지심으로 포착하여 동정한다. 명예스러움과 영광스러운, 그리고 기다림의 꽃말을 가진 "능소화"라 해도 그 끝자락에는 처절함이 도사리고 있다. 무시로 일어나는 감정을 형상화하고 있으나 속마음은 얄미우면서도 아름다움에 어쩔 수 없이 반겨야 하는 모습을 함유하고 있다. 담쟁이넝쿨처럼 벽 타는 재주가 탁월한 능소화는 하늘을 향해 높이 오르는 꽃으로 화려하지 않지만, 결코 천해 보이지 않는다. 이처럼 알뜰한 감정이 더러는 입안으로 입김처럼 서리기도 하여서 결국 정열적 미색으로 융숭 깊은 심경을 토로하고 만다. 인간사의 빛깔이나 실체적 사연을 생생하게 비춰준 삶과 정황을 감성으로 시각화하였다.

위 인용한 시조에서 "능소화"를 추하게 만든 원인의 제공자는 다름 아닌 세월이며, 그리고 부추겨서 변화시킨 계절이다. 우리는 흔히 우체통을 닮은 꽃으로 마음을 잡아채 가며 엉큼하게 활활 타오르는 요염한 불길로 묘사하기도 한다. 또 다른 이름으로 "분등화"라 부르기도 한다. 한여름 진한 주홍색으로 피는 정열적 꽃으로 장미에 버금가는 꽃임에는 틀림이 없다.

광장에

임 만 규

촛불도 태극기도 돌아간 새벽에는
비둘기 모여들며 저마다 구국구국
버려진 구호 부스러기 비웃으며 쪼고 있다.

구국 논리와 진영 논리의 시위장

언제부터인지 광장은 시민들의 휴식 공간이 되지 못하고 불만 세력의 집회 장소로 변해 가고 있다. 시민들에게 저들의 불만을 알리고 그들의 요구를 쟁취하기 위하여 공개적이고 집합적인 의사 표현의 시위 장소로 광장을 택한다. 그래서 나라의 심장부인 광화문 광장이 아주 적절한 시위 장소로 떠올랐다. 광화문 광장이 시위 장소로 적합한 이유는 청와대와 여러 위정(爲政) 기관들이 밀집해 있는 지역적 특성과 유동 인구가 많기 때문이다.

위에 인용한 〈광장에〉의 작품 배경은 시간상으로 시위가 끝나가는 새벽녘이고 공간은 광화문 광장을 암유(暗喩)하고 있다. 촛불을 들고 구호를 외치는 부류들과 태극기를 흔들면서 시위하는 비등한 두 세력이다. 어느 쪽이 진실에 더 가까운지 초점을 맞추기가 참으로 아리송하고 어렵다. 이들 두 세력의 공통 목적은 민주주의와 정의 구현이라는 데 있다. 대체로 이들이 외치는 상세한 구호에서 대충 가늠할 수 있는 것은 나라를 위하여 외치는 쪽이 진짜이고 진영 논리를 외치는 쪽이 가짜일 확률이 높다는 생각이다. 온종일 시위에 시달렸던 광화문 광장은 새벽녘이 되어서야 겨우 평온을 되찾는다.

시위가 끝나고, 아침이면 텅 빈 광화문의 광장 부근으로 열심히 생활하는 도시 서민들이 직장으로 몰려든다. 시위하는 동안 동원되었던 피켓이나 현수막 그리고 전단 등 버려진 쓰레기들의 모습을 바라보며 시민들은 오늘의 시국 난맥상을 걱정한다. 하루도 거르지 않고 시위 군중에 시달리고 있는 광화문 광장을 민주 광장이라고 하는 이유는 무엇인가. 그것은 자신들의 요구 목적을 달성하려는 절실한 투쟁 장소로 해석하고 있기 때문이다. 광장의 시위가 독단에 대한 거역 반응을 촉발하는 다중의 심리적 효율에 향상을 확보할 장소가 되고 있다는 점이다. 자칫 시위가 무조건의 가학적 공격성을 날카롭게 만들 수도 있기에 시민들은 이를 우려하는 것이다. 구국 논리의 태극기와 진영 논리의 촛불이 뒤섞여서 시위장으로 변한 광장에는 아침이 되면 비둘기들이 모여 구호 부스러기를 보고 비웃으며 쪼고 있는 모습을 허탈하게 그리고 있다.

생각의 감옥

장 은 해

문도 없는 골방 안에 내가 나를 가둔다.
수행인지 수인인지 가늠하기 힘든 시간
지나온 모든 길들이 창살처럼 일어선다.

온갖 희비와 생사고락을 시조에 담다

시조 창작은 어디 까지나 언어 예술이기 때문에 자신의 경험이나 상상력을 동원하여 언어 미학으로 형상화를 추구하는 작업이다.

시인은 다양한 시적 소재를 매개로 하여 삶의 의미와 생명에 존엄성 가치를 진지하게 질문을 하면서 그 해답을 찾아간다. 또한 비어있는 공간의 존재론적 명상에서 출발하고 인위가 아니라 무위의 자연 속에서 무욕의 경지에 도달하는 진지함을 탐구한다.

위의 시조에서 간결하고 압축된 시조 형식 안에 "골방", "수행", "수인", 창살" 등 구속적 언어와 또 다른 비유를 통해 시어 접목의 발상이 예사롭지 않음을 발견하게 된다. 추상적인 내용의 구체적인 〈생각의 감옥〉을 대상으로 표현하는 비유법이 특이하다. 형상화의 추구 과정에서 시적 원재료로 핵심적인 요소를 채취하고, 이에 알맞은 시재들을 새롭게 읽어서 그 의미를 재조명한다. 현대를 살아가는 우리들은 간혹 갈등과 우울증, 그리고 무료함에 짜증스러움을 느낄 때가 있다. 이때 마음속에는 온갖 생각들이 머리를 가득하게 채운다. 마음먹기에 따라 다르듯이 행복하기도 하고 불행해지기도 한다.

현재 자신이 "나는 행복하다."고 생각한다면 꽃구름 타고 하늘을 훨훨 나는 기분일 것이다. 또한 불행하다고 생각하면 문도 없는 두꺼운 벽체로 가로막힌 감방에 갇히기도 한다.

시인은 지금 문하나 없는 두터운 장벽이 두껍게 가로막은 감방에 자신을 가두고 있다는 생각이다. 감방에 갇힌 자신을 두고 구도자의 소행인지 죄를 짓고 옥살이를 하는 죄수인지 가늠할 수 없는 빈사 상태의 몰입이다. 평범한 일상을 살아왔거나 앞으로 살아갈 삶의 발자취에 감옥의 창살로 와 박힌다. 사유에서 추상은 한없는 시공간을 확보하게 한다. 이러한 현대인의 감각적 효과를 가지려면 종교에 세력이 커진다는 암묵적 교시로 해석할 수 있겠다. 문도 없는 골방에 내가 나를 가둔다고 하였다. 이러한 사유가 창살 없는 생각의 감방으로 시인에 감정이 가슴앓이로 옭아 매인다. 생각은 감옥의 고뇌를 벗어나기 위한 자성일 수도 있고 아무나 빼앗긴 상처 난 마음의 비장한 수행일 수도 있다.

옹심이

장 희 구

쪽쪽 삶아 익은 새알 멋 내는 처녀 허리
식구 중에 총각 있나 이리저리 기웃대다
대종손(大宗孫) 숟가락 속 들어 입천장만 대었네.

역사와 풍습이 담긴 팥죽 속 새알심

　문학평론을 비롯하여 시조, 수필, 소설 등 다양한 장르를 드나드
는 저자 장희구는 최근에 『한 시향을 머금는 번안 시조』 24권을 집
필한 해박한 문필가이다. 위의 시조 〈옹심이〉는 서민 생활의 여유로
움과 가족 간에 사소한 음식문화의 일상에 면모를 은유하면서 의인
화한 시편이다. 시제 〈옹심이〉는 보통 팥죽을 쑬 때 넣어서 먹는다.
그래서 새알심 하면 팥죽이 생각나고 팥죽 하면 연중에 낮의 길이가
가장 짧고 밤의 길이가 제일 긴 동짓날(亞歲)을 떠올리게 한다. 옹심
이가 들어간 팥죽을 끓이는 유래가 동국세시기에 의해서 동짓날의
세시 풍습이 신라 시대부터 전해오고 있다. 팥죽은 동짓날 한 해를
마무리하고 새해의 무사안일을 빌던 풍습이 남아있는 절식이다.
　우리나라 풍속에 "동지 팥죽을 먹어야 한 살 더 먹는다."라는 동

지첨치(冬至添齒)의 옛말도 전해오고 있다. 아세(亞歲)를 맞이하여 팥죽을 쑤어먹는 우리 민족만의 고유한 전통 음식이다. 팥죽을 쑬 때는 찹쌀을 재료로 하여 작은 새알 모양을 둥글게 빚어 시절 음식으로 제사상에 올리기도 한다. 동짓날은 예로부터 "작은 설"이라고 이르기도 한다. 이러한 경사스러운 날에 팥죽을 대문이나 벽에 뿌려서 잡귀를 쫓아내고 새해 액운을 다스려 무사안일의 기원풍습이 지금껏 전해진다. 동짓날 팥죽의 유래에 대한 설화와 야사들이 대체로 유사하나 지역에 따라 조금씩 각각 다르게 전해지기도 한다. 위의 시편 초장에서 익은 새알이 축 늘어져 처진 모양새를 맵시 뽐내는 처녀 허리로 비유하였고, 중장에서는 식구 중에 누가 제일 먼저 팥죽을 먹고 싶어 하는지 이리저리 기웃대는 모습을 살갑게 그려 내었다.

마지막 종장에서 대종손이 뜨거운 팥죽을 그만 숟가락으로 성급히 떠먹으려다가 입천장만 대였다는 기발한 시상이 돋보인다. 이 시편을 읽다 보면 동지 팥죽을 먹음으로써 나이를 한 살 더 먹는 것이 서글픈 일이긴 하나 동동 뜨는 찹쌀 새알 "옹심이"를 제 나이 숫자만큼 먹을 수 있는 따끈한 동지 팥죽 한 그릇이 향수를 불러낸다.

슬픈 편대

정 수 자

허공을 찢으며 우는 기러기 떼 발톱이여
멀건 국물에 뜬 노숙의 눈발들이여
한평생 오금이 저릴 저 강변의 아파트여

본능대로 인자에 인식된 장도(長途)의 부유

기러기는 북향을 바라보는 허공에서 부박하고 고된 삶을 위하여 어차피 주어진 생의 몫을 찾아 날아야 한다. 창공을 가르며 서둘러 가는 기러기 떼의 슬픈 편대는 서러운 삶의 부동을 본다. 날개가 힘에 겹고 찢어져도 편대를 이탈하면 곧 죽음밖에 없다. 부랑의 삶을 사는 철새들의 발톱이 아무리 예리해도 허공에서는 아무 쓸모가 없는 운명이다. 건더기 하나 없는 멀건 국물처럼 실속 없이 잠시 쉬었다가 가는 뜨내기 신세다. 가야 할 길은 멀고 연약한 날갯짓은 힘겹기만 하다. 인간이 사는 강변의 아파트를 뒤로한 채 오금이 저리도록 편대에 끼어 앞만 보고 날아야 하는 운명이다. 편대의 이탈은 생명의 끝이자 고통의 끝이다. 고통이라는 감각은 생명에 없어서는 아니 되는 선물일 지도 모른다. 슬픔은 생명을 지키는 중요한 보호 신호이며 고난은 목숨을 보호하며 생명을 지켜준다. 모든 생명의 탄생에는 고통이 따르고 생명의 성숙에는 고난이 따른다. 겉으로는 메마르고 황량해도 하늘에도 무수한 생명이 살아 숨 쉰다. 드넓은 창공에 편대의 선을 그으며 날아가는 기러기들 그 모두가 귀한 존재들이다. 여유 있고 정을 주고받는 오늘의 정직한 시간 속에 그들은 고단해도 우리들은 자연의 풍성함을 맛보는 것이다. 인간은 여백이 있는 삶과 온정이 있는 세상에서 자연과 더불어 친구가 된다.

가을을 베고 누워보면 우주의 맥박 소리가 리듬을 타고 흐르는 생동감을 시인은 놓치지 않고 관찰한다. 기러기들의 편대를 보고 현현한 노래를 부르며 자연스러운 정서나 정열에 충만 되어 다분히 감정적 의식에서 탈피하고 있다. 감동의 접근성이 좋은 작품을 쓰는 것이 문학적 대죄(Mortal Sin)라고 생각하기는 어렵다. 창조적 미련은 예술에 의한 자신의 치유이다. 우리 주변에서 일어나는 모든 사안을 직감으로 찍어내어 실존과 형이상학적 관점을 중시하지 않을 수 없다.

위의 시편 〈슬픈 편대〉는 가을 기러기의 편대와 강변에 우뚝 솟은 아파트를 연계 시켜 그려낸 여성의 섬세한 감촉이 돋보인다. 감성적 절묘한 변격을 형상화함으로써 유니크(unique)한 시인의 경지에 이른 작시라 믿어진다.

봉분 앞에서

정 완 영

쇠북처럼 무거운 몸 깃털처럼 잠든 아내
배꽃처럼 여리던 꿈 접고 누운 며늘아기
뻐꾸기 목 부러 지겠네 저 산 무너지겠네.

목이 길어서 슬픈 사슴인가?

시인이 아내와 며느리를 저세상에 먼저 떠나보내고 그들의 봉분 앞에서 비통한 심정으로 쓴 시조다. 초장에서 아내의 이야기로 '쇠북처럼 무겁던 몸'이 오랫동안 중병으로 병시중을 하는 과정을 회상한다. 병치레로 쇠약해서 세상을 등질 때는 가벼운 깃털처럼 야위었다고 표현을 했다. 봉분 속에 누워있는 아내는 육탈이 되어 깃털처럼 가볍게 잠들었다고 상상을 한다. 중장에서는 며느리의 이야기가 처절하게 전개된다. 시인보다 먼저 젊은 나이에 배꽃처럼 여리던 꿈을 접고 애처롭게 세상을 등지고 땅속에 누워 있다.

종장에서 '뻐꾸기 목 부러 지겠네'는 아내와 며느리를 저세상에 먼저 보낸 상황에서 자신의 목이 부러질 정도로 슬픔을 감내한다. 목이 긴 사슴처럼 슬픔을 감당하기에 너무나 버거움을 안고 있다.

또 '저 산이 무너지겠네.'의 종장 마무리는 억장이 무너지는 듯 자신이 주저앉으며 죽고 싶은 심정을 토로하고 있다. 초장과 중장에서 시상을 일으키고 그 내용의 사고를 이음으로써 발전시킨 끝마무리로 시의를 절정까지 몰고 갔다가 하강하는 긴장으로 조이고 있다.

대체로 슬픔이란 실체가 없는 현상의 영향으로 밀려오는 모든 원인 모를 고통을 완전히 소멸시킬 수 없는 현재의 심리 상태다. 심지가 쇠북처럼 무거웠던 아내와 배꽃처럼 여리던 며느리가 누워있는 가족묘의 봉분을 바라본 그 심정이야말로 오죽하겠는가. 슬픔에 젖은 불빛도 가족을 위한 눈빛도 허망의 울안에서 태산이 무너지고 마는 그런 공간에 서 있음이다. 유한한 인간의 생명은 노환과 질병의 단명이 근본이듯 언젠가는 자신도 떠나야 할 처절과 비탄을 초극하는 한탄을 읊조린다. 참으로 함축성 있는 깊은 뜻이 독자들에게 읽는 맛을 주면서 감명을 받게 한다.

백수 정완영은 경북 금릉 출신으로 국제신문, 서울 신문, 조선일보 등 신춘문예에 입선하였고 최종 『현대문학』으로 등단하였다. 한국문학상, 가람문학상 등을 수상하였다. 『채춘보』와 『묵로도』외 수상집으로 『다홍치마에 씨 받아라』 등 다수 저서를 남겼다.

첫눈

정 진 상

새해 처음 보는 얼굴 수줍은 듯 밤에 오네.

발소리 들킬까 봐 나비처럼 사뿐사뿐

뻐거덕, 새벽 문 열고 은빛 세상 들고 오네.

은빛 세계를 향한 자연의 수줍은 언어

아침에 창문을 활짝 열고 밤사이에 내린 첫눈을 바라보면 해묵은 마음이 깨끗해지고 정갈해지는 느낌이 든다. 해마다 내리는 눈이라도 첫눈은 참으로 사뭇 다른 반가운 대상의 감정을 몰고 온다. 마루 밑에 웅크리고 앉아 있던 바둑이도 꼬리를 살랑거리며 어린아이들과 함께 눈 위를 뛰어다니고 논다. 눈 중에서도 첫눈을 대하는 것은 아무리 일상에 찌들어 고단한 사람들이라 해도 내면에 숨어있는 순수한 마음의 동요가 어쩔 수 없이 순결로 덧씌우게 된다. 이런 순수한 감정은 인간 본연의 참된 삶을 추구하게 한다. 눈은 오염되지 않는 자연으로부터 편안한 분위기에 안식처를 제공한다.

인용된 〈첫눈〉의 시편은 추상적인 묘사가 아니라 실실석이고 사실성을 시각화하고 있다. 자연의 순리와 더불어 순응하고 타협하는 자세를 견지하면서 스스로 동화된다. 첫눈은 자연의 테두리 안으로 자아의 순수한 감정을 유도해 낸다. 첫눈은 느낌이 있는 뚜렷한 존재로 만상에 새로운 기운을 넣어준다. 새벽에 내린 눈을 바라본 시인은 자신의 즐거운 감정에 아무런 제한 없이 자발적으로 느끼며 시화한다. 풍부한 감성의 서정적 기능을 감당하고 이러한 자연의 일시적인 물상 일지언정 인격을 부여하여 생명력을 재생시킨다. 수줍어서 낮에 내리지 못하고 밤에 내리는 첫눈은 발소리마저 들킬까 봐 조바심이다. 나폴 대다가 살포시 내려앉아 나비처럼 온 산하를 하얗게 덮는다. 밤새 뻐거덕대던 하늘 문을 열고 은빛 세상을 들고 왔다고 했으니 이 얼마나 포근하고 청결하며 수줍은 표현인가. 이 시편을 읽어 보면 독자들의 가슴속에도 소리 없는 첫눈이 살금살금 내릴 것이다. 은유법과 의인법의 묘미를 잘 살려서 정제되고 절제한 시상이 3장에 형태와 균형의 조화미를 이루어 종결을 짓고 있다. 시상이 어느 한쪽에 치우치지 않고 균등하게 배열되어 독립적 성격을 부여해 주며 주제에 이탈하지 않는 창작 구도로 축조하고 있다.

황등리 채석장에서

정 휘 립

폐쇄된 꿈길에서 징소리 망치소리
둔탁한 통증으로 온 신경을 뜯어(彈)오면
석물(石物)은 슬슬 일어서 수면 딛듯 춤추었다.

-탐석기(探石記) 2. 부문

일상 언어의 표현에서 심오한 철학적 언어로 승화

육중한 바위를 부수어서 그 폐석 더미 속에 석물을 쪼아 슬슬 일어서서 춤추게 하는 석공을 형상화하였다. 여기에서 표현한 폐쇄된 꿈길과 둔탁한 통증은 창작에 임하는 시인의 자화상이다. 천신만고 끝에 큰 바위산의 화강석을 깨고 쪼개어 다듬어서 결국 조그마한 비석 하나를 만들어낸다. 이 귀중한 비석을 만드는 과정에서 주위에 즐비하게 부스러진 폐석을 깔고 앉은 화자는 징 쪼는 소리와 망치소리에 버려질 수 없는 물상이 강한 인식을 준다. 시편 속에 흩어진 자갈이나 돌(폐석)들도 무의식적인 상태에서 의식적인 생명력을 얻으려 한다. 아름다운 석물을 만들기까지 온 신경을 쓰면서 갈고 닦는 석공의 모습이 현현하게 발현된다.

이 작품을 대하면서 창작은 창조이고 창조적 자각으로 창작에 임하는 독창적 신념이 강하다는 느낌을 받게 한다. 짧은 언어의 집합에 의도성을 그려내는 복잡한 일상의 현실을 반영하는 데 접속어를 사용한다면 자칫 산문처럼 된다. 묘사의 서술이 시가 될 때 접속어의 설 자리는 없다. 이러한 의미에서 〈황등리 채석장에서〉는 이를 배제한 일상 언어를 뛰어넘어 표현의 심오한 철학적 언어로 승화시키고 있다. 석물의 가치는 영원한 생명력에 있고 석공의 혼이 생생하게 담겨있다.

작품이 삶에 대한 예술성을 부각시켜 프래그머티즘의 관점에서 실천적 대안을 제시하여 삶의 미학적 가치를 부여한 역할을 하고 있다. 문학이 예술의 본질에 밀착되지 않거나 사회적 기능이 약화 되어 따른 위해를 초래해서도 안 된다. 정신적으로 굶주린 사람에게 꿈과 희망을 줄 수 있는 예술의 혼을 흔들어야 느낌이 흔들린다. 즐겁게 시 한 편을 읽는 게 맛있는 음식을 먹는것보다 즐겁고 창작행위가 잃어버린 시심에 대한 공감의 능력을 일깨우는 한 방법이다.

시인이 아무리 자신의 시 세계를 뛰어넘는 작품을 창작하려고 할지라도 그것은 애초부터 불가능한 일이다. 시인의 시 정신과 품격은 정서에서 벗어날 수 없기 때문이다. 위의 인용 작품은 최소한 묘미에 걸림이 없고 깔끔하면서도 은은한 정서의 향기가 읽는 이로 하여금 감성을 한껏 고양 시켜준다.

까꿍

나라가 뒤숭숭한 줄 꼬맹이도 알았는지
엉덩일 하늘로 들고 다리 밑으로 세상 보네
거꾸로 세상을 보니 어떤 가요 아가씨.

꼬마 눈에 비친 거꾸로 본 세상

인간은 욕망이 좌절될 때 삶이 불안해지고 소재를 알 수 없는 원
혼이나 초자연적인 현상 같은 진부한 소재들이 배제될 때 실망한다.
욕망이 낳은 열패감과 불안만으로 맨살에 와 닿는 공포를 만들어 낸
다. 세상을 후끈하게 데우고 찬찬히 식혀서 더불어 사는 세상의 아
름다움에 산들바람 기가 없어 속수무책이다. 세상의 밖은 시끄러운
데 어느 날 한가한 방안에서 기저귀를 갈아주며 모녀가 눈을 맞춘
다. 눈에 넣어도 따갑지 않을 이 앙증맞은 꼬맹이 아가씨! 나라가 뒤
숭숭하고 하늘이 거꾸로 돌아간들 알기나 할까. 이 천진한 꼬맹이에
게 근심 걱정은 있을 수가 없다. 오직 배고픔뿐이다. 엄마가 아기의
엉덩이를 들고 기저귀를 갈아 끼우는 동안, 이 꼬맹이는 자신의 나
리 사이로 순간적 세상을 본다. 나라가 뒤숭숭한 줄 알고 있는 듯 자

지러지게 울음을 터트릴 때 엄마는 어르면서 달랜다. 엄마는 이 꼬맹이에게 불멸의 존재이며 무한한 세계이다. 회생과 사랑을 만들고 있는 엄마의 품 안에 편안히 잠드는 일 외에 세상이 헛바퀴로 돌아가든 이 아기에게는 아무런 관심이나 의미도 없음을 알지만, 시인은 그 꼬맹이에게 "아가씨! 거꾸로 세상을 보니 어떠한가요? 라며 물어본다. 죽인다 해도 모르는 아기에게 질문을 던진 시인의 심정이야말로 오죽이나 답답했을까. 아무리 나라가 뒤숭숭하고 세상이 거꾸로 돌아간들 시간은 멈추지 않고 지나간다. 삶과 밀착된 관계를 유지한 생활 변화가 감각적 은유와 함께 언어의 운용이 참으로 재미있다.

시속의 화자는 자신의 다리 사이로 세상을 얼러본다. 그러나 세상은 쉽게 울음을 그치지 않는다. 어떻게 얼러야 어지러운 울음을 그치게 할까. 그 방법을 찾지 못하다가 바로 이 〈까꿍〉을 대안으로 찾아낸다. 까꿍은 아기와 엄마의 따스한 손길과 인간 상호 간의 믿음을 주는 사회적 조화에 온정의 부추김이다. 우리 주변에 일어나고 있는 모든 사안을 직감으로 찍어내어 실존과 형이상학의 관점을 중시하지 않을 수는, 이유다. 인간은 누구든 사랑을 원하고 평온과 안정을 추구한 보편적 욕구의 대상이다. 사랑스럽게 꼬맹이를 바라보는 엄마 마음처럼 세상을 쳐다본 시인에게 따스한 손길의 마음이 바로 이 까꿍이 대변하고 있다.

곶감

조 국 성

가을날 홀딱 벗고 발그레 웃는 여인
코 꿰어 매달아도 하얀 분을 바르자
전설에 놀란 호랑이 줄행랑을 놓는다.

전래 동화의 감성을 순수하게 묘사한 서정

시조의 시상에서 느끼는 감성이 예리하고 사물을 의인화한 통찰력과 인식능력이 비상하다. 인유한 위 작품 〈곶감〉은 가을과 여인 그리고 호랑이와 곶감에 대한 전래 동화를 상기시킨다.

시인은 초장에 곶감을 가을철에 미소 짓는 여인으로, 종장에서는 하얀 분으로 화장한 모습을 묘사하였다. 종장에서는 호랑이와 곶감의 전래 동화를 연결하여 이야기해 주시던 할아버지와 할머니를 떠올리게 하는 동시 효과를 노리고 있다. 발그레한 둥근 얼굴에 끌어안은 시간만큼 손때가 묻었을 곶감이다. 곶감을 건네던 정에 뜨거운 햇살이 담겨 몸까지 달게 달군다. 곶감을 한입에 넣으면 추위도 꼬리를 흔들고 손사래 치며 떠나간다. 곶감은 넓은 삶 맛깔스럽게 곰삭아 군침 돌게 하고 밤낮으로 얼었다 녹기를 반복하면서 햇살 한

줌 바람 한 점으로 섞으면 그 단맛을 표현하기가 어렵다. 덜 익은 떫은 생감의 껍질을 얇게 벗겨 싸리 코쟁이에 꿰거나 감고 꼭지에 끈으로 묶어서 매달아 말린다. 이렇게 말리면 곶감에 흰 가루가 생기는데 과당이나 만니톨 포도당(굴로 코스) 등 당류로 이루어져 있어 달콤하고 맛이 아주 좋아진다.

전래 동화뿐만 아니라 곶감은 예로부터 우리들 조상의 제사상에 꼭 올려야 하는 제수의 품목 중 하나다. 이렇듯 곶감은 호랑이보다 더 무서운 호랑이의 천적으로 인식되어 왔다. 호랑이가 사납고 용맹스럽게 묘사되는 맹수임에도 때로는 멍청해서 어린이들의 놀림감이 된다. 곶감과 호랑이의 옛이야기는 우는 아이들에게 호랑이가 잡아간다는 말에도 울음을 멈추지 않다가도 곶감을 준다는 말에 울음을 그치자 호랑이가 그 말을 듣고 자신보다 훨씬 더 무서운 존재가 곶감이라는 전래 동화 이야기다. 어릴 때 한 번쯤 들어본 못내 잊지 못하는 추억 속 한 토막의 구수한 이야기다. 또한 이 이야기 속에는 소도둑이 호랑이 등에 올라타자 호랑이는 곶감으로 착각하고 자신보다 무서운 존재가 올라탔으니 줄행랑을 칠 수밖에 없다는 이야기도 곁들어 연상케 한다.

재앙

조 연 탁

안전사고 벌어지는 날벼락이 그런 걸까
돌다리 못 두들긴 혼비백산 천둥아
목숨 줄 앗아간 상황 막지 못한 인재야.

인간이 자초한 재앙을 직설적으로 풍자

작품 속에 묘사되는 이미지는 정서와 달리 창작의 제재나 대상을 이루는 경우가 많다. 특히 시국과 사회의 고발성에 주제를 채택한 시조는 구체적인 체념을 바탕으로 시화하기에 십상이다. 이러한 정서는 통일된 언술 체계로 리듬감이나 각박한 호흡이 느껴지며 다양한 증폭을 가져오기 마련이다.

시조의 내면이 개성적인 현대 언어로 전체 이미지에 구조와 다양한 관계로 연동되어 나타난다. 시적 심상 활용이 은유법 취택보다 오히려 직설법을 택함으로써 시어 유회에 뚜렷한 영향을 미친다. 최근 나라 안팎에서 크고 작은 인재(人災)가 수없이 발생되고 있다. 사람들의 자연훼손으로 재해 바이러스가 대유행할 최적의 환경이 만들어진 가운데 인재 또한 하루걸러 발생한다.

위 시조 〈재앙〉에서 시인은 날벼락 같은 안전사고를 인재로 인식한다. 사전에 돌다리도 못 두들긴 어리석은 인간들이 천둥 치는 아수라장의 인재를 유발한다. 이 시조는 "재앙"이라는 시제 자체가 강박감을 가지나 삶의 언어와 사유의 깊이를 제삼자가 접근하기 쉬운 직설법 구도로 직조되었다. 시상이 단순하고 삭막해도 어딘가 모르기 쉽게 떨쳐버릴 수 없는 한 편의 시조다. 안전사고가 벌어져서 목숨 줄 앗아가는 상황도 막지를 못한 재앙이다. 사전에 준비하고 예산에 대처하였더라면 충분히 막을 수 있는 새해다. 자연을 파괴하는 짓, 매연으로 특별히 환경공해를 오염시키는 짓 등은 이간이 만드는 대재앙이다. 하늘과 땅 사이에 목숨이 살아있는 있는 곳에 환경과의 싸움을 멈춰 선다면 재앙은 반드시 발생하게 되어있다. 우리가 일상적 삶에 언어 사유의 깊이와 사회적 고발성은 타인에게 편안히 접근할 수 있는 언술의 안착이 어렵다.

시적 화자의 삶과 밀착된 관계를 유지하며 내면에 조화가 이루어지는 감각적 직설과 함께 감동의 정서를 나타낸다. 시인은 이 시조를 통해 시안으로 보고 느끼며 개성적 구체성을 담아낸 정서를 시각화한다. 화자의 체험 수준을 압축적으로 표현할 수 없어 뚜렷하게 진솔함을 추구하지 않은 안타까움이 내포되어 있다.

늦가을

조 평 진

사랑한 모든 이들 보내기 서러워서

아쉬움 가득한 날 금풍이 불어올 때

떠올려 보듬으면서 단풍잎을 물들이리.

계절과 교감하여 영혼을 깨우치는 자성

위의 작품 〈늦가을〉은 성숙하고 건강한 아름다운 현재에 영광된 처지를 이루어낸 심상이 선명하게 반영되는 인생의 은유이다. 자연의 이치를 거슬리지 않으면서 욕심 없는 삶을 추구하고 살아가겠다는 여심의 여리고 소박한 꿈이 서리어 있다. 늦가을 진경은 뭐니 뭐니 해도 단풍이다. 시인은 오곡이 여물어 가고 과육의 살찌는 소리와 붉게 물들어가는 늦가을에 이미 시중을 들고 있다. 인간의 삶이 자연을 흉내 내듯이 어쩌면 세상만사의 변하는 모습이 우리 인간의 삶과 닮았는지 참으로 신기하다.

시인은 계절과 교감하여 영혼을 깨우치는 문학적 표현이 시적 사물에 대해 의인화의 다의성을 내포함으로써 작품에 가치성을 높이고 있다. 어떤 사물에 유, 무형적 유기체가 시인의 눈에 포착되면 새로운 이미지로 화장을 시켜 아름다운 작품에 미를 살린다. 인용한 작품에서 특히 눈에 띄는 것은 "금풍"의 말 부림이다. 금풍은 가을에 부는 바람을 빗댄 추풍의 별칭이다. 초장에서 사랑하는 이를 보내기가 서럽다고 했다. 누렇게 여물어가는 오곡과 붉게 물든 단풍이 사라진 이후에 서럽게 떠나보낸 뒷모습을 사랑하는 이로 의인화하였다.

중장에서 한창 가을바람이 불어올 때 변해가는 자연의 순리를 꼼짝없이 순응할 수밖에 없는 아쉬움과 서러움이 묻어난다. 종장에서 화자는 자연과 타협하려는 자세를 취하고 어차피 보내야 할 늦가을이라면 단풍잎에라도 붉게 물들이고 떠나라는 절명의 하소연이다.

평범한 사람들은 늦가을을 맞으면 결실의 계절이나 풍성한 계절로 인식한다. 시인은 추색을 독특한 서정으로 한 편의 시조를 얽어내는 시적 감각이 예사롭지 않다. 평범함 속에서 남들이 보지 못하고 느끼지 못한 감성을 채굴한 수법의 노련함을 보인다. 특히 시조는 곁가지가 무성한 나무를 예쁘게 전지하듯이 함축적 시어들을 많게 응용하여 시적 가치를 높이고 시조다운 작품으로 빚어내는 일이다.

시간의 조각

시간의 자투리를 예쁘게 재단해서
모자란 삶의 길을 잇고 또 잇다 보면
살뜰한 조각 이불이 열 자쯤은 될 거야.

감각으로 느낄 수 없는 운치의 조화

추상적으로 생각하고 느끼는 고정관념 속에서 잠재한 언어들이
부족한 안쓰러움에 시간의 틈새를 이어간다. 시재(詩材)에서 여러 색
깔의 천 조각을 덧대고 붙이면서 시간의 조각으로 은유하여 치환한
다. 항상 인간은 풍족한 삶을 느끼지 못할 때 모자라서 아쉬움이 솟
구치는 법이다. 언제나 부족하고 모자란 생활의 조각들을 하루하루
덧대어 잇다 보면 한갓 추억이 되어 과거의 아스라한 행복감에 서린
다. 소망과 고통 그리고 고난을 극복하는 인내의 애틋한 정성이 드
디어 살뜰한 조각 이불 한 채를 완성 시킨다. 쉼 없는 인고의 결실은
한 열 자쯤의 이불이 되어 사랑하는 사람과 함께 덮고도 모자람이
없을 것이다. 천 자투리를 정성스럽게 하나씩 잘라내어 염원으로 재
연하고 있는 예술적 언어 운용을 세련되게 잘살려 내고 있다.

위에 인용한 〈시간의 조각〉은 사유의 깊이와 시적 운치를 조화롭게 살려내는 여류시인 특유의 능력이 두드러져 보인다. "살뜰한 조각 이불이 열 자쯤은 될 거야"라는 마무리 배경은 내면적 진실을 결부시킨 주체가 한 덩어리로 말아서 시 세계를 형상화한다.

우리의 생활 주변에 사소한 것들을 귀중하게 여기는 다각화한 시조의 모범적이면서 선행에 지평이 된다. 형식 변화의 지양은 언어 제공을 가한 것으로써 복잡한 세계 속 다양성에 모습을 현현해야 한다. 시조가 새로운 것들 속에서 구성되는데 발아(發芽)하는 것이 아니라 발견하는 것이다. 차분히 서정의 세밀함은 감성에 힘이 존재하는 한 단점을 잘 극복해 낼 것이다. 강약을 조절하고 때로는 솟구치는 사유의 존재들에 언어 유회를 통한 시어 활기가 강한 역할로 대치하게 한다. 시간은 우주 만물에 공통으로 주어진 조물주의 신선한 선물이 아니던가. 이러한 시간을 구체물인 천 조각에 진솔한 사랑으로 이어 덧대고 엮어서 추상적인 관념을 뛰어넘는 탁월한 시간의 조각들에 만남이다. 살뜰한 조각은 존재성이 풍화된 인생에서 인고의 과정을 통하여 도달하게 하는 낙관적 시조 미학으로 조화를 이루게 한다.

그냥

추 창 호

살아서 가야 할 그뿐인 길이라면
만 생각 다 그만두고 내 그냥 가도 좋을
저 환한 그리움으로 반짝이는 길이 있다.

장중한 생명의 시 세계로 향하는 길목

시인은 인생 행로에 역정이 험난하고 평탄하지 않은 변화의 노정을 생각하게 한다. 자신이 어려울 때 뜨막하고 한결같지 않았던 사람은 머뭇거리지 않고 관심에서 멀어져도 무방하다. 이 작품을 읽으면서 인생 달관자의 모습으로 실존적 지성에 철학이 스며있음을 느낀다. 시적 언어의 영감과 재능이 엿보이고, 시인이 살아온 경험과 역경에 사유의 폭을 넓힌다.

〈그냥〉의 시 속에서 무르익은 감성이 영혼을 깨우려는 실존 의식의 내재를 감지하게 한다. 그리고 이 시편에서 느끼게 되는 것은 헤르만 헤세의 〈혼자〉라는 시를 떠올리게 한다.

//"저세상에는 크고 작은 길들이 많다./그러나 도달점은 모두가 다 같다./ 말을 타고 갈 수도, 차로 갈 수도,/ 둘이서 갈 수도 셋이서

갈 수도 있다./ 그러나 마지막 한 걸음은/ 혼자서 걷게 마련이다."//

　이 시편 속에 인용한 시어나 사유의 농도도 짙고 적합하며 주체성이 강한 면모가 잠재되어있다. 새벽이 오는 길을 먼저 간 사람의 뒤를 이어 또 한 사람이 걸어가는 길이 있다. 석기시대 사람도 걸어갔고, 오늘의 시인으로서도 현재 모든 사람이 걸어왔던 길이지만 그냥 뒤돌아 갈 수는 없다. 뼈만 남은 이 길을 걸어갈 수밖에 없는 하나뿐인 길이라도 환하게 반짝이는 길이 보인다는 긍정적 화술로 환치하고 있다. "자박자박 밟아 가는" 뼈만 남은 길이 그리움으로 반짝이는 길처럼 은유한 적절한 시법(詩法)의 능숙함이 눈여겨 진다. 모든 생각을 그만두고 인생사의 굴레를 넉넉한 부정과 긍정으로 모두 수용하고 있다. 엄연한 질서를 순응하면서 삶의 흔적을 남기려고 단말마의 비명을 훑어내는 인간의 욕망을 "그냥"하는 길로 비유한다.

　무심하게 사라지고 그냥 가도 되는 감정적 편린을 죄다 긁어모아서 이미지를 꾸려낸다. 시조의 영토에서 소절(小節)과 구(句)를 거치지 않고서 포착할 수 없는 시어와 독자의 감수성이 만나는 자리가 있다. 환상에 불과한 의식의 심연을 밝혀내는 시조에 있어서 감성의 층을 더한 상상의 신비도 깔려있으며, 구체적인 자문자답까지 포괄한다.

시인은 파우스트 적으로

한 분 순

봄풀 돋는 미명의 길을 백발 되어 걷다가
광택이 유난히 큰 폭죽 푸는 극단적 정오
태양에 서약을 하고 젊음 팔아 시심 산다.

심오한 철학적 언어로 승화한 시화

인용한 작품 시제를 〈시인은 파우스트 적으로〉를 취택한 이유는 시인의 시작 행위가 고난과 번뇌 그리고 회한에 뉘우침으로 고통이 따른다는 함축적 의미이다. 시상은 일상에서 우러나오는 사물의 유동성을 관찰하다가 어떤 상황이나 여러 가지 형상에서 얻어진다. 이러한 형상을 시각화하려면 뼈를 깎는 고통과 난산의 진한 통증만큼이나 힘든 작업이 뒤따른다.

시인은 고뇌에 고통과 번뇌를 동행함으로써 봄풀이 돋는 미명의 길을 오랜 세월 동안 걷다가 비로소 파우스트 엔딩을 성취하게 된다는 우회적 표현이다. 시인이 큰 폭죽을 푸는 극단적 정오처럼 사유한다고 해서 불쑥 튀어나오는 시상이 아니다. "미망의 길을 백발이 되어 걷다가" 아득한 극단적 사유로 얻어내는 시상임을 비유하고 있다. 이러한 형상은 유명한 문호 괴테의 희곡 파우스트와 시인의 시작 행위를 빗대어 은유하고 있다. 이 극 중에서 현대적 욕망과 쾌락에 사로잡혀 종국에는 절망의 늪으로 떨어진 파우스트가 악마 메피스토 페레스의 관능적 사기 행각에 빠져든다. 그러나 고뇌와 고통이 따르는 만큼 대가를 치르며 악을 선으로 받아들인 파우스트는 지식의 쾌락을 보상으로 받는다. 시인에게 시작 행위는 유에서 무를 잉태하여 산고의 고통만큼이나 고뇌를 치러야 할 극단적 상황도 스스로 감내하는 일이다.

시조를 쓰는 것은 영혼을 파는 일이며, 피를 말리는 작업이므로 그 결과는 그만큼 감동도 뒤따라온다. 시 한 수로 많은 사람에게 위안을 얻게 하고 외로운 영혼을 위무하여 감동을 주게 하는 것이 시인의 역할이고 존재 이유다. 그래서 시는 마음의 핵이며 배려와 희생으로 가치의 축복을 받으며, 서정이 우리의 생명을 타고 흐르는 느낌으로 형상화한다. 그래서 시인은 태양에 서약하고 광택이 유난히 큰 폭죽을 푸는 극단적 정오가 있을 것으로 믿는다. 내 안의 희망을 품는 젊음도 아낌없이 팔아 시심을 산다고 다짐하면서 파우스트적으로 시인이 되기를 갈망한다. 시인이 시심을 얻는다는 것은 백발이 될 때까지 오랜 세월 걷는 만큼 숱한 고통마저 뒤따르는 것은 피치 못할 운명이다.

하늘 꽃

꽃 보라! 아 꽃 보라! 오오, 천지개벽이야!
덮을 것 다 덮어버리고 펼치는 대동여지도
새빨간 동백 한 송이 꾹 낙관을 찍어라.

오탁을 다 덮어버리는 상상의 하늘 꽃

　시조를 해학적 맛깔스러움으로 요리할 수 있다면 그만큼 작품성
을 높여주고 친근감을 느끼게 할 것이다. 시조가 절제와 압축으로
긴장감을 느끼게 함이 필수적이다. 아기자기한 감상으로 인간의 사
랑과 애정까지 더한다면 그만큼 시인의 안목은 넓고 담대해진다. 사
소한 것을 놓치지 않으면서 열정과 장중한 것을 아우르는 시심의 형
태를 다변화하여 시적 관심에 폭을 최대한 넓힌다면 고초를 딛고 경
지에 도달할 수 있다. 하늘 꽃을 키우는 밑거름은 희망과 믿음의 선
물이다. 향기로 말을 거는 꽃처럼 인간의 욕망이 천상에까지 닿아서
더 가질 것이 없는지 욕심이 가득하다. 모든 인간은 하늘 꽃을 아름
답게 가꾸며 밝은 세상을 만들기를 갈구한다. 천지가 개벽하는 하늘
꽃으로 세상 위에 흩어진 꽃들이 믿음의 우주관에서 지상의 중심에

솟아오르며 큰 산을 이룬다.

인용한 〈하늘 꽃〉에서 아 꽃 보라! 라고 화자는 감탄을 아낌없이 내뱉으면서 우리의 감탄까지 유도한다. 하늘 꽃이 집안에 가득하여 그 향기에 취한 냄새는 과연 어떤 것일까? 이 신비한 꽃의 향기를 마시면 우리의 소원이 성취되어 행복한 삶을 꿈꿀 것이다. 하늘 꽃이 피는 것은 장엄하여 오로지 세상의 더럽고 지저분함을 모두 지울 것이며, 향기가 널리 퍼져서 천궁으로 인도할 것이라 상상한다.

작품 〈하늘 꽃〉은 첫 소절부터 감정 이입의 수법을 취하고 있다. 이 작품이 초장에서 하늘 꽃을 보라며, "천지개벽이야!"의 표현으로 숨 막힐 듯이 호흡을 한껏 끌어 올렸다. 이 시편의 섬세한 감정 속에 구조 운용의 낙차로 빚어내는 여운에 밀도를 아낌없이 높임으로써 가편의 반열로 올려놓아도 충분하다. 중장에서 더러워서 못 볼 것들과 인고의 업보에 시달린 민생들의 마음마저 다 덮어 버린 우리 시대의 맥을 잘 짚은 만인 구제의 강한 염원을 그리고 있다.

종장에서 동백 꽃송이로 광포의 현 방에 영혼을 꿰어 맨 낙관을 꾹 찍으라고 호소함으로써 오탁을 다 지워버리는 상상에 하늘 꽃으로 천지개벽의 세상을 느끼라고 주문하고 있다.

잔잔한 눈길

홍 성 란

잔잔한 냉이 꽃이 풀밭 위에 아름다운 건
바람 가는 대로 흔들렸다, 흔들려서가 아니다.
님 따라 냉이 꽃무리도 흔들리기 때문이다.

눈길은 상황에 따라 흔들린다.

　우리는 일상적이고 차분한 공간에서 특별한 모습을 보게 되면 한
동안 잔잔한 눈길을 보내게 된다. 마음이 쓰여 눈길이 닿아 살짝 웃
음이 배어 나오는 그러한 소중한 것을 담아내고 싶어진다.
　위의 작품 〈잔잔한 눈길〉은 풀밭 위에 아름답게 핀 냉이 꽃과 잔
잔하게 부는 봄바람의 "님"이다. 나에게 모든 것을 바치겠다는 꽃말
의 냉이 꽃은 십자화과에 속한다. 산과 들판, 장소를 가리지 않고 도
처에 널리 분포하여 땅 위에 바싹 달라붙어 자엽 형태의 잎으로 자
란다. 이른 봄날 하얀색으로 꽃을 피워 봄의 전령사 역할도 한다.
　사람의 눈길은 때와 장소에 따라 흔들리기 마련이다. 사물을 응
시하는 시선은 시인 자신을 중심에 두고 시어로 형상화하지만, 그곳
에는 사물을 중심에 놓고 사물에 주시하는 시적 내면성이 엄밀히 내

포하고 있다.

시인이 시어로 자연 사물(풀밭위의 냉이 꽃)을 접선하는 순간 자연 본래의 의미는 사라지고 시인이 자연에 부여한 의미만이 오롯이 떠 올리게 된다. 또한 시인은 자연 위에 세우는 인식을 넘어서 시계(視界)로 거침없이 주시하게 된다. 〈잔잔한 눈길〉을 조명하면 경계를 넘어선 존재만이 풀밭 위에 냉이 꽃이 아름답게 보이다. 그러나 시인의 시선으로 사물을 재단하지 않는다. 바람에 흔들리는 것은 내 뜻에 반한 흔들림이다. 오직 님을 향해 꽃무리로 흔들림이 잔잔한 눈길을 받는다. 사물의 시선으로 사물을 보지 않으면 시흥에 걸맞은 언어를 찾아내기가 힘들고 결코 나타낼 수 없는 시적 인식이다. 푸른 하늘은 그저 거기에 있고 거기에 펼쳐진 하늘은 시인의 시선을 내려놓는다. 풀밭 위의 아름다운 냉이 꽃에 새로운 시선으로 바라본다.

시인은 사물의 경계를 뛰어넘어 그 자리에 꽃무리로 흔들리는 냉이 꽃을 바라보지만, 이미 존재로 익히 보아왔던 그런 모습이 아닐 것이다. 님을 따라 냉이 꽃무리는 흔들려서가 아닌 흔들림 때문에 풀밭 위의 아름다움을 창조해 낸다. 선경은 경계 밖에 있는 세계이므로 자신을 중심에 세우지 않는 화자는 결코 경계 너머로 나갈 수 없다.

우리 시조를 어떻게
이해해야 하는가?

송 귀 영 (한국시조협회 부이사장)

시조는 우리 민족 얼 속에 흐르는 정한의 유구한 실재로서 예술적 자산으로 외골수 형식이며 오랜 가락에 울림이다. 시의는 감성이 아니라 오직 체험에서 우러나오는 언어의 지배다. 기본 음보를 밟고 있는 시조가 45자 이내의 글자 속에 담아서 사유의 축적으로 얽어내는 것이다. 시인이 시의의 칼을 숫돌에 갈고 그 끝을 벼리어서 많은 이야기 가락을 엮어 한 편의 시조를 탄생시킨다.

그 누구도 시로써 비평할 수 없고 자신에 대한 성찰로 깊은 땅속에 묻혀있는 감성의 광맥을 찾아 채굴하여 언어의 보석을 채집한다. 시인들이 시를 쓰는 행위는 어디인지 그 의문들의 어려운 해답을 화두로 삼는다. 이렇듯 시조가 깊은 사유와 고뇌의 결정체로 창작을 통하여 의식을 깨우고 무한한 포만감과 큰 위안을 받게 한다. 언어와 생각이 세상을 바꿀 수 있고 평범한 말속에서도 천착의 내상이 된다.

세상을 정확하게 표현할 수 있는 시어를 찾기 위한 긴 시간의 투자가 시인의 마음속을 정확하게 씻어주는 행복한 세계로 유도해 낸다. 작품의 소재를 달리하는 다양한 탐구 정신은 다변화되어가는 시대 의식과의 조우에서 때로는 공감으로, 때로는 자성으로 형이상학의 해법을 찾아낸다. 함축적 언어의 결정이 다양한 삶의 속살로 담아서 서정에 촉을 발아시킨다.

시조에서 정형 미학이 갖는 위상은 장대하고 깊다. 충만한 현대형의 양식을 통하여 삶에 순간적 충격을 미학적 열망으로 전이시킨다. 삶과 사물의 태동을 주시하는 투명한 시선으로 서정의 장광설에 시화 방식을 유도해 낸다. 시조의 품격을 고수하고 무한대의 상상력을 자유롭게 고양하는 방향으로 작동하여 시조의 탁월성에 생명줄을 연결한다. 무한한 이름 없는 존재들을 서사적 맥락으로 엮어서 현실의 복합적 시공간에 다시 불러 모아 구조화된 신화로 재현해 낸다.

시인에게 있어 새로운 모험은 진실에 동반한 우리 삶 속 희로애락의 미적 감동을 온몸으로 유도해 낸다. 시제에 관련하여 무명의 존재들을 서사적 맥락으로 얽어 과거와 현재의 복합적 시공간 속으로 소환한다. 시적 사물과 사건 형상의 양상 그리고 생리적 특성을 섬세하게 형상화한다는 의식은 대상이 지닌 고유성과 아름다움을 포착하여 문학적 충동을 발동시킨다.

현실은 현재와 따로 떨어져 존재하는 것이 아니라 오늘의 삶을 잘 응축 시켜 미래로 연결되는 통로에 여운의 자장을 깔아 놓는다. 거친 세상에도 부드러운 자세를 취하고 낮은 세상에서도 높은 자리를 내어 설국에 발자국을 남기듯 순수한 시조의 미래를 건너 무한한 공간으로 진입한다. 생명의 지향과 이타심에 실천으로 쟁점이 사라지는 화합의 이 코 이즘 정신을 충전시킨다.

다층적인 사유를 기반으로 시대의 현장에 잊혀가는 모습들을 존속 시켜 묵시적 공간을 확보하고 서정적 자아의 구원과 묘법을 찾아내는 정형화가 요구된다. 시 의식의 대상은 형상과 양상, 그리고 특성의 생리를 세밀하게 묘사하는 심미적 의식을 발굴하여 문학적 충동을 격발시킨다. 현실에서 삶의 은총은 존재와 존재가 따로 떨어져 있는 것이 아니라 과거의 역사와 연결해 시적 구성요소에 촉매제 역할로 감동의 물무늬를 그려낸다.

정형 미학의 절제와 균형, 감각을 유지해 시종일관 시적 긴장감이 열림의 공간으로 무한하게 확산시킨다. 조에서 과도한 표현을 걷어내고 든든한 결기를 보여주는 것이 시인에게 주어진 덕목인 동시에 숙명이다. 시조를 쓰는 시각에 따라 환경이 어느 쪽에 놓여있느냐에 밀도가 달라진다. 인간 이성의 힘으로 시조의 세계를 구성하고자 하는 데서 출발하여 인간과 자연 사이에 존재의 소중한 가치를 소환한다.

시인은 무심히 지나쳤던 사물과 풍경, 그리고 오래전 사연들에 미물들의 생명력을 찾는다. 시조가 우리 민족의 생리에 합당한 시문학임을 그 누구도 부인할 수 없다. 우리들의 생활방식과 정서에 부합된 한글 언어 구조가 시조와 잘 융합된다는 의미이다. 모든 생명체에는 모태가 있듯이 민족 문학의 모태는 전통 시가인 우리 시조를 외면할 수 없다.

우리 시조가 700여 년 전 향가로부터 발원되어 맥을 이어온 시대적 장르를 넘어선 불멸의 한국적 시가 문학 전체를 관류하는 뿌리 문학에 민족혼을 대표하는 고유 문학이다. 시조 3장의 형식미가 갖추어진 율격에 맞는 구도와 전체적 율격에도 알맞아 분명한 형태적 첨삭의 전통 시학이다. 시조는 천년을 이어온 우리 민족의 얼이며 한국문학의 고유한 민족혼이 담긴 가락으로 영구히 지켜야 할 정형 시가이다.

시조의 문학성은 일차적으로 시조 표현에 적용되는 수사적 기법상의 기교에서 감지할 수 있다. 이러한 표현의 기교를 잘 활용한다면 문학성을 높이는 데 도움이 되고 비유법, 강화법, 변환법 등 세 가지로 나눌 수 있다. 우선 비유법은 어떤 사물의 느낌을 표현하는 수법이다. 직유, 은유, 풍유, 제유. 환유 등을 의인화하고 의태어나 의성, 환유, 상징, 우화 등을 강조하여 의미를 상기시킨다. 시적 내용 면에서 무게를 정서적 체험과 감성적 반응을 중심으로 살필 수 있다. 도치, 댓구, 설의, 명령, 인용, 문답, 비약, 연쇄, 반어, 역설, 생략, 경구 등의 다양한 감성을 얽어서 시화할 수 있는 장치가 무궁무진하다. 이러한 시조는 시인의 사상과 정신을 담아내는 도구이다. 시조에서 내재율은 겉으로 나타나지 않는 잠재적 리듬으로서 음악성에 가까운 개념으로 인식된다. 20세기 초에 메타포의 이미지즘은 T.S 엘리엇과 파운드가 주장했던 시에서 가장 중요시되는 이미지의 표현 수단으로 은유를 지칭한다.

내재율과 메타포는 전혀 다른 개념이며 은유가 시각적인 감각을 표현하는 기법이 인격의 마술적 활용에 가깝다고 할 수 있다. 가절

시조에서 나온 시조의 외모가 정형시라는데, 있음으로 일정한 형식과 율격을 지닌다. 압축된 정격으로 표현상 잔재주를 부리지 않고 착상이 기발할 때 함축성 있는 내용에 혁신까지 수반한다면 자연히 표현기법도 능란하게 된다.

시조의 영역은 자연에서 조제가 채집되는 자아의 체념과 상상력의 바탕을 이룬다. 간혹 시조에서 허구의 세계를 그렸다가 시적으로 성공한 사례가 허다하고 타자가 흉내 낼 수 없는 모습들을 연출해 냄으로써 좋은 결과를 얻기도 한다. 시조 시인들은 시조의 특성을 형식에 맞추어야 한다는 것을 당연하게 인식한다. 시조가 가락이 있고 상생의 기운이 담기게 된 것은 말과 사상이 자연스럽게 배여 있기 때문이다. 시조로서의 가치는 가락과 음악성을 부여하고 문자로 채록하여 기록하기 때문이다.

독창적 시조 관은 시조의 발생과 구성 율격을 지키면서 내재율과 외재율 등 그 모두를 자연율로 통찰하고 푸는 것이다. 일상에서 시적 순간을 포착하는 시선은 예리하다. 역동적인 수사법으로 처리하는 시조의 이끄는 힘이 강하다. 언어의 관습적 배치를 특이하게 이탈하면서 시적 감각을 유지하고 말과 말의 불법 화음을 의도적으로 끌어내는 어법은 자아의 시적 충돌에 역광을 일으켜 발화점으로 점화시킨다.